王宜振

给孩子们

讲诗评诗（上册）

王宜振　编著

西安电子科技大学出版社

WANG YIZHEN GEI HAIZIMEN

JIANGSHI PINGSHI

图书在版编目（ＣＩＰ）数据

王宜振给孩子们讲诗评诗 / 王宜振编著. —西安：
西安电子科技大学出版社, 2025.1
ISBN 978-7-5606-6336-4

Ⅰ.①王… Ⅱ.①王… Ⅲ.①儿童诗歌—诗歌研究—中国—当代
Ⅳ.①I207.8

中国国家版本馆 CIP 数据核字(2023)第 141768 号

王宜振给孩子们讲诗评诗
王宜振　编著

策　　划　邵汉平　高维岳
责任编辑　邵汉平　穆文婷　陈一琛
出版发行　西安电子科技大学出版社（西安市太白南路 2 号）
电　　话　（029）88202421 88201467　　　邮　　编　710071
网　　址　www.xduph.com　　　　　　　电子邮箱　xdupfxb001@163.com
经　　销　新华书店
印刷单位　陕西金和印务有限公司
版　　次　2025 年 1 月第 1 版　　2025 年 1 月第 1 次印刷
开　　本　787 毫米×960 毫米　　　　1/16　　印张　28.5
字　　数　292 千字
定　　价　98.00 元
ISBN　978-7-5606-6336-4/ I
XDUP　6638001-1
*****如有印装问题可调换*****

我们为什么要开展诗教

王宜振

"诗教"这个词，其实并不新鲜。早在两千多年前，中国大教育家孔子就提出"以诗治国"的诗教理念。他在《论语·阳货》中讲"诗可以兴，可以观，可以群，可以怨"，认为诗歌有这样四种作用。按照儒家的理念，诗最大的功能，还是对人的精神的引导、教化，这便是孔子所说的"入其国，其教可知也。其为人也，温柔敦厚，诗教也"（《礼记·经解》）。孔子在这里所说的"诗教"，就是用诗来管理、教化社会，也就是人们常说的"以诗治国"。诗可以治国，也许夸大了它的功能。但是，诗确实可以通过潜移默化的作用，对人的心灵进行陶冶，使心灵得以净化，得以丰润和提升。也就是说，诗可以提高人的精神品质。这样的说法，也是颇有道理的。中国是"诗歌的大国"，诗的传统源远流长。在这一"传统"中，诗并不是简单地作为一种文学存在，而更多的是一种文明方式。所谓"兴于诗，立于礼，成于乐"，"不学诗，无以言"，"成孝敬，厚人伦，美教化，移风俗"，其功能早已显现于政治、伦理、教化，乃至社会交往诸多方面。重视诗教，就是重视诗的教化功能，重视诗在儿童教育中不可忽视和不可替代的特殊作用。

大教育家孔子，不仅十分重视诗教的作用，而且还身体力行，把流传在民间的"诗三百"，编纂成集。《诗经》分"风、雅、颂"三个部分，"经"是它的身份和地位。它是中国最早的一部诗歌总集，也是中国诗歌的"元典"。这部诗歌总集，被誉为诗歌的"源头"，对中华民族的心理结构、思维方式和价值取向，都产生了重要作用。受《诗经》的影响，中国出现了李白、杜甫等许多大诗人。诗歌作为一种文学样式，反映了人类微妙复杂的内心世界，反映了人类与社会生活多维度的关联，为人们提供了更为广阔的审美、认知和情感空间。古人读诗诵诗，不仅仅是理解诗中词句的精美、情感的浓烈、想象的奇特，更重要的是接近一种生活方式和想象方式。人们对诗的理解，归根结底还是理解自我，理解蕴藏在诗中的生生不息的精神创造力。这样一来，我们就抵达了诗教的本质，抵达了最初的个体生命的精神自由。诗教之所以作为一种文化传统，一代又一代传承下来，这便是根本的原因。

到了清末，诗人黄遵宪提出了"新诗"这个词。新诗又叫白话诗，同古诗相比，是完全迥异的两个文字系统；新诗跳出了古诗的许多规则，比如什么平仄呀，对仗呀，押韵呀，所以新诗又叫自由诗。伴随着新诗的诞生，专门为儿童写的童诗，也就随之产生了。二十世纪八十年代中期，中国童诗发展到了十分兴盛的时期，出现了柯岩、金波、高洪波、任溶溶、圣野、樊发稼等一批有影响力的诗人，也出现了一批有影响力的作品。二十世纪八九十年代，一些有志于诗教的教育工作者，发现童诗更易于被儿童接受。于是，他们在自己工作的学校率先开展了诗教。经过二三十年的努力，诗教在我国沿海省份率先发展起来。

那么，诗教对于今天的儿童，到底有些什么作用呢？我想，诗教对今天儿童成长的作用，绝对不可小觑。简单梳理一下，至少有以下五个方面的作用。

一、开展诗教，有利于呵护儿童童年的梦想

童年的梦想很重要，它是一个人一生起跑的动力和加油站。一个孩子没有真正做过幼年梦、童年梦、少年梦，那是十分可怕的。著名教育家、评论家王富仁说："哪个时代的人淡漠了儿童的梦想，那个时代的人就一定会堕落，会丧失自己的精神家园；哪个时代的人更多地保留着儿童的梦想，那个时代的人就是更为崇高的、真诚的、纯洁的，即使在比较艰苦的条件下，也能够充满生命的活力和生活的情趣。"可是今天的孩子，并不能在身心上完全自由地发展。为什么这样说呢？我们说儿童成长应该分为两个重要时期：其一是本能化过程，其二是社会化过程。成长的本能化过程，主要指身心发育、自身协调和控制能力的发展；成长的社会化过程，主要指接受人类文化、生活方式的过程。成人往往不按孩子成长的规律去塑造孩子，他们要求孩子尽快具备生存和发展所必备的知识技能，找到自己生存和发展相对大的空间，以实现个人的存在价值。他们并不关心孩子当下的感受，甚至不惜牺牲儿童当下的幸福。这样做的结果是很可怕的，可能使很多孩子失去童年，失去自己的心灵世界，失去自己的心灵感知方式。怎么办呢？诗歌是孩子内心世界的容器。孩子阅读诗歌，容易形成自己的心灵感知方式，容易保留童年时的梦想。孩子在诗歌的世界里，不仅如鱼得水，而且在身心上获得极大的自由，能够体验世界的美和人生的美，从而使自己不失美好的心灵状态。除此以外，诗人在诗歌中表达的美好情感，可以陶冶孩子的情操，培育孩子的人文素养，从而使孩子的精神得到升华、安慰和愉悦，也可以使孩子纯洁、真诚、旺盛的生命力一直保持下去，陪伴孩子的一生。

二、开展诗教，有利于开发儿童的想象力和创造力

诗歌是什么？诗歌是内心图画的文字再现。诗歌是心灵的艺术。同时，诗歌也是展现想象力的艺术。今天的时代，是一个电子传媒的时代，我们又称之为"读图时代"。在这个时代里，电视、网络充斥孩子的生活。我们说，电影、电视、图画对于成长期的孩子，确有激发他们想象力的作用，但这种想象毕竟是直接的、确定的、图像化的，是类型的、程式的、固定化的。这就产生了读图时代和非读图时代的区别。在非读图时代，譬如大家同去看一本书《红楼梦》，一百个人去看，一百个人想象中的贾宝玉和林黛玉是不一样的。如果我们去看电影、电视就不同了，大家看到的贾宝玉和林黛玉的形象是完全一样的。我们说，图画会产生一种强制性，让接受者失去自我创造和独立想象的空间，这就产生一种可怕的隐忧，读图会使儿童的精神想象没有了自由和无限扩展的可能性。这也就是读书和读图的根本区别。久而久之，我们的后代，想象力会日益缺失。大科学家爱因斯坦曾说："想象力比知识更重要，因为知识是有限的，而想象力概括着世界上的一切并推动着进步，想象力才是知识进化的源泉。"挽救想象力的缺失，就必须恢复诗教的传统。因为诗与视觉艺术有一种本质上的对抗性，它可以激活孩子自身潜在的本原的精神自由与想象力，这不仅有利于孩子个体生命的发展，而且对整个民族的精神发展也是至关重要的。何况想象力是创造力的基础，一个民族，只有有了想象力，才会有永不枯竭的创造力，才会永远自立于世界民族之林。

三、开展诗教，有利于孕育和陶冶儿童的情感

人活在两个世界里，一个是现实世界，又称物理世界；一个是内部世界，又称心理世界。外部世界是一个复杂的世界，既有美好的一面，又有现实和不完美的一面。心理世界是一个情感的世界，也是一个富有诗意的世界。诗歌是一种心灵的艺术，又是一种情感的艺术，它对孩子的心灵有一种潜移默化的陶冶作用。

著名诗人金波对诗歌阅读十分重视。他认为，当下小读者对诗表现出一种冷漠态度，会直接影响到阅读的质量，因为诗是最凝练、最精微的文学样式，一个孩子如果不喜欢诗，不会欣赏诗，那么他对生活的感受是粗糙的，也很难读出其他文学样式的精华。在儿童阅读中，金波认为诗歌不但不能缺失，而且要放在重要的位置。一些有识之士提出：要通过诗教，为孩子创造一种"诗意的生活"。还有人提出"让诗歌陪伴人的一生"的理念。在诗歌的阅读中，人类会永远保持对生命意义的探寻，对真、善、美的向往与追求，永远保持不断提升和净化自我心灵的态势。尽管外部世界的大环境个人难以改变，但内心世界的小环境却可以永葆纯真、善良和美好。如果大多数人都有这般美好的心灵，对改变外部世界将产生一种巨大的推动力。我相信，诗教可以改变一个人，也会改变这个人所处的世界。

四、开展诗教，有利于传承中华优秀传统文化

在一切文学样式中，诗歌这种文体，是最具精神性的一种文

体。自古以来，我国历代伟大诗人的杰出诗篇，无不渗透着时代精神、民族精神和人文精神。通过诗教，推动这些诗歌的传播和普及，不仅是对人类文明的传承，也有助于儿童领悟中华古典文化与民族思想的文化价值。我以为，一个时代的诗歌要创新发展，离不开传统文化的浇灌和滋养，几千年的传统文化，无论是作为一种历史存在，还是作为一种精神血脉，都是无法割舍也割舍不断的。我们这个时代的诗人，要一如既往地坚守传统，疏浚传统血脉，以中华优秀传统文化为创造泉源，写出无愧于我们时代、我们民族的精品力作，以满足当代儿童的精神文化需求。

五、开展诗教，有利于儿童学习母语

现代诗是现代人在现代生活中所感受到的现代情绪，它有一个最大的特点，就是具有抑扬顿挫的情绪节奏。读一首诗，不仅可以从形象、意境层次分析体会，去挖掘隐藏在作品中的情感和内涵，也可以从体式、手法等方面入手，领略它特殊的节奏和韵律、语气和声调，从而感受语词之间传达的意绪和美感。有人甚至直呼：学语文，从读诗开始。更有人从儿童的天性出发，提出"诗意儿童文化"的语文。我很赞同这个观点。我以为这是教育对儿童精神家园的追寻，是语文教育的精神还乡。我以为这是呵护儿童诗性本色、呵护儿童精神成长的重要举措。著名诗人金波说："培养儿童热爱母语的思想感情，最好从读诗开始；享受语言的美，创造语言的美，最好从读诗、写诗开始。"诗歌同其他文学样式相比，更凝练，更纯美，更富有想象力和隽永的情趣。孩子们可以通过诗歌教育，更好地亲近母语，学习母语，提高诗歌鉴赏水平，提高写作水平和写作能力。

　　早些年，诗歌的传播一直陷于困境，现代诗一直在诗人的小圈子里打转。诗歌界和教育界，也很少关注诗教会给诗歌的发展和传播带来巨大的空间和可能性。近年，诗歌教育在中小学遍地开花，有力地推动诗歌进入中小学生的精神世界。我相信，诗歌这种文体，仍然具有强大的生命力，随着诗教的普及和深入，一定会从"边缘化"的尴尬处境中走出来，走向发展和繁荣昌盛！

序言

我们为什么要开展诗教

第 1 讲

和孩子谈谈诗 1

第 2 讲

诗人要有第三只眼睛 35

第5讲

诗是非逻辑的艺术 135

第 6 讲

诗是意象的艺术 167

第 7 讲

诗是情感的艺术 199

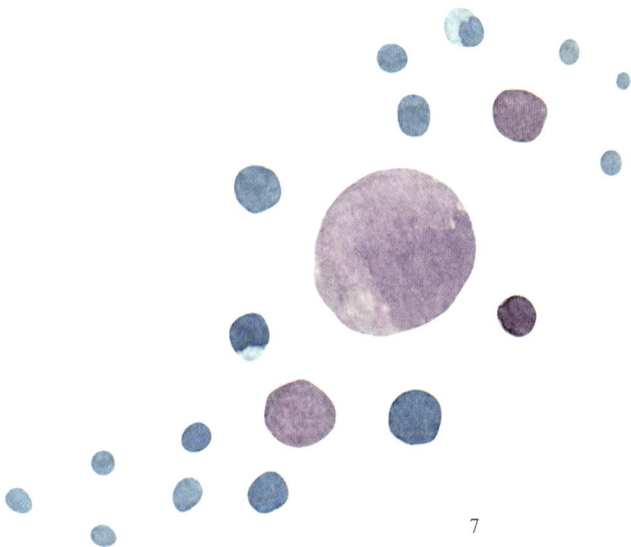

第 1 讲

和孩子
谈谈诗

＊　什么是诗

　　诗是什么？至今在世界上，尚无一人能给诗下一个精准的定义。那么，诗作为一个客观的存在，我们怎么看待诗，理解诗呢？我想，应该从下述几个方面入手。世界有两种：一种是人所处的外部世界，也可以叫作物理世界；一种是人的内心世界，也可以叫作心理世界。诗属于哪个世界呢？诗是属于心理世界的。文学的文体有好多种，主要有小说、散文、诗歌等。小说、散文是表现外部世界的，也就是叙述世界的。那么诗呢？诗是表现内心世界的，我们说它是体验世界的。叙述世界和体验世界是不同的，用一句通俗的话来表达，或许可这样说：诗是内心图画的文字再现。你内心有一幅图画，用文字把它表达出来，这就是诗了！如果大家还不好理解，那么法国女诗人依尼诺·法吉恩写了一首《什么是诗》，我们不妨来看看：

　　　　什么是诗？谁知道？

　　　　玫瑰不是诗，玫瑰的香气才是诗；

天空不是诗，天光才是诗；

苍蝇不是诗，苍蝇身上的亮闪才是诗；

海不是诗，海的喘息才是诗；

我不是诗，那使得我

看见听到感知某些散文无法表达的意味的语言才是诗；

但是什么是诗？谁知道？

　　诗是一个概念，它太抽象。依尼诺·法吉恩把它变成玫瑰的香气、天光、苍蝇身上的亮闪、海的喘息等，就把诗由抽象变成看见的、听见的、嗅到的和感知到的事物，大家就理解了。因此，我们说：诗并不神秘，它只是我们的一位新朋友。

　　下面，我们来看看中国台湾诗人谢武彰的《梳子》：

妈妈用梳子

梳着我的头发

我也用梳子

梳着妈妈的头发

风是树的梳子

梳着树的头发

船是海的梳子

梳着海的头发

在这首小诗中，梳子显然不是诗。头发呢？也不是诗。然而，把这两者和别的事物联系起来，形成树的头发和海的头发，以及风是树的梳子和船是海的梳子，就成了诗，而且是很好的诗。

＊ 怎样寻找诗

诗不是天上掉下来的，是要寻找的。也就是说，外部世界的东西进入内心世界以后，需经过内心世界的加工和酿造，才会产生诗。

我们来看诗人王宜振的一首诗《石片与鸟》：

薄薄的石片
贴着水面在飞
鱼儿探出水面
以为来了一只鸟

薄薄的石片
贴着水面在飞
乌龟咕噜着小眼睛
把他认成一只鸟

薄薄的石片
飞起来就是一只鸟

只是这只鸟很奇怪

浑身没有长出一根羽毛

　　这首诗写的是什么？写的是石片。石片是外部世界的东西，是现实中存在的东西，是可见可触可感的东西。那么，石片进入人的内心世界以后，经过诗人内心世界的加工和酿造，是不是还是石片呢？不是了。它变了，变得似而不似，不似而似，它变成什么呢？它变成了一只小鸟。鸟同石片有相似之处，却又有不同。石片在人的作用下，可以飞翔；鸟生有两只翅膀，自然也可以飞。它们的不同之处在于石片是无生命的物体，而鸟却是有生命的动物。石片不是诗，石片变成了鸟就产生了诗。我们可以这样说：诗是事物从外部世界进入内心世界的过程中产生的。为什么会出现这样的情况呢？这是因为诗是通过语言符号（比如汉字）来表达情感的艺术。人常说"心情心情"，只有心中会产生出情感。而情感又是各色各样、千变万化的。当诗人把自己的情感投放在石片上，就产生和发现了诗。

　　下面，再看王宜振的另一首小诗，叫作《黎明被一群鸟儿啄出》：

夜晚的天空，

是一只温暖的鸟巢。

这只巢很大很大，

栖息着许多只鸟。

月亮是大点儿的鸟，

星星是小点儿的鸟。

大点儿和小点儿的鸟儿，

一起把嘴伸进黑夜。

啄呀，啄呀，

把偌大的一个黑夜啄破。

黎明，竟被一群小小的鸟儿，

一点一点地啄出！

　　这首小诗写的是什么？有人回答：天空、月亮和星星。这个回答自然是对的。如果还有人回答：小诗写了鸟巢、大点儿的鸟和小点儿的鸟。这个回答对不对呢？我要说，这种回答也是对的。为什么一个问题有两种答案，而且又都是正确的呢？因为从外部世界来看，诗人确实写的是天空、月亮和星星，可它们一旦进入诗人的内心世界，就变了，变成了鸟巢、大点儿的鸟和小点儿的鸟。诗到底是什么？诗是外部世界进入心理世界的产物，外部世界的形象进入内心世界以后，经过内心世界的艺术加工就产生了一种新形象。这种新形象，往往让读者眼睛为之一亮，心灵为之一振，从而获得空前的阅读快感和愉悦。

＊ 怎样写诗

我在不少地方做讲座，大家问的最多的一个问题，就是写诗有没有秘诀。我常常会告诉大家，写诗并没有什么秘诀。可是，写诗真的毫无规律可循吗？我总结自己多年来写诗的经验，那就是寻找一种事物和另一种事物的联系，这便是写好一首诗的重要环节。那么，又怎样去寻找这种联系呢？我想从以下几个方面谈一谈。

1. 在相同事物之间，寻找一种联系。

我们来看著名诗人艾青的《树》：

　　一棵树，一棵树

　　彼此孤离地兀立着

　　风与空气

　　告诉着它们的距离

　　但是在泥土的覆盖下

　　它们的根伸长着

　　在看不见的深处

　　它们把根须纠缠在一起

这是艾青很有名的一首小诗。他写的是人们司空见惯的事物

——树。艾青笔下的树，同别人笔下的树有些什么不同，到底有着怎样的特别之处呢？我们发现艾青没有特别描摹树的状态，而是着力寻找树与树之间的一种联系。我们不妨看一看，一棵树和一棵树虽然同属于树，但并不属于树的同一个个体，它们彼此孤立地站立着，它们之间有着一定的距离。它们属于两棵、三棵或更多的树，在这一棵又一棵看似孤立的树之间，究竟又有着怎样的联系呢？原来，在泥土的覆盖下，它们的根在看不见的深处，彼此纠缠在一起。这些看似没有联系的个体，其实联系得多么紧密啊。这是一首蕴含哲理的好诗，暗示人与人之间，各自虽从属于不同的个体，但心灵却是相通的。

2. 在不同的、有相似之处的事物之间，寻找一种联系。

我们来看著名诗人郭风的《蝴蝶·豌豆花》：

　　一只蝴蝶从竹篱外飞进来，

　　豌豆花问蝴蝶道：

　　"你是一朵飞起来的花吗？"

小诗只写了两种事物，一种是蝴蝶，一种是豌豆花。那么，这两种事物之间有着怎样的联系呢？我们看蝴蝶飞起来的样子，很像一朵飞翔的花；豌豆花停在那里的样子，更像一只蝴蝶。它们之间的联系，便是互为对方。蝴蝶像豌豆花，豌豆花更像蝴蝶。这种庄周梦蝶般的设置，混淆了客体和本体，互为映现。豌豆花问蝴蝶：你是一朵飞起来的花吗？那么，蝴蝶也会问豌豆花：你是一只停在那里的蝴蝶吗？童趣和诗意就在这互问中产生。我们说寻找蝴蝶和豌豆花之间的联系，关键是寻找它们的相似点和共通点，找到了这个，一首好诗自然水到渠成。

3. 在两种完全不同的毫无相似性的事物之间，寻找一种联系。

我们来看金敏的《拔河》：

早晨，麻雀的闹钟一响

树和太阳就开始拔河

太阳的脸憋得通红

树的影子拉得很长

谁都能看得出来的

两个人使出了吃奶的劲儿

到了午间休息的时候

太阳用云朵擦着汗

树在自己的影子里喘气

两个人都在盘算

接下来该用哪一招

比赛一直延续到傍晚

太阳在山顶一脚踩空

骨碌碌滚到了山后面

麻雀扔下一根羽毛

给树颁发了一枚奖章

这首诗写了什么？自然写了太阳和树。太阳和树是两种毫无相似点的事物，在这两者之间要寻找联系，并不是一件容易的事。这是对诗人才华的一种严峻挑战。诗人根据丰富的生活经验和长期细致的观察发现，太阳和树是两个大力士，他们每天都在进行拔河比赛，"拔河"就成了两者的交会点。你们看，太阳的脸憋得通红，树的影子拉得很长，两个大力士，都使出了吃奶的劲儿，要决一胜负。比赛一直进行到中午，仍然没有分出输赢。午间休息的时候，太阳用云朵擦汗，树在自己的影子里喘气，都揣摩着该用什么招儿，才能赢得这场比赛。比赛延续到傍晚，太阳终于用尽了力气，在山顶一脚蹬空，骨碌碌滚到山的后面。树终于赢得了比赛，麻雀飞来扔下了一根羽毛，算是给树颁发了奖章。在这里，"拔河"既是对自然现象细致入微的观察，也是诗人超强想象力的体现，是诗人长期对生活的体验、概括和升华。

在喜迎建党 100 周年童诗征文中，广东省佛山市顺德区容桂容里小学罗子帅小朋友写了一首《孙悟空》：

孙悟空

西天取经回来

成了"斗战胜佛"

天天向人炫耀

整天得意洋洋

新中国成立后

祖国妈妈

向孙悟空发出挑战书

比飞赛
祖国妈妈派出嫦娥二号
超过了孙悟空的筋斗云

比游泳赛
祖国妈妈派出蛟龙号
超过了变成剑鱼的孙悟空

比变化赛
孙悟空使出七十二变
祖国妈妈有无数变
瓦房变高楼
泥径变大公路
木船变航空母舰
……
哈哈
孙悟空比不过
只好认输啦

在这首小诗中，小诗人写了孙悟空和祖国妈妈两个不同的形象，这两者之间看起来没有什么相似之处，那么，我们能不能找到一些联系呢？小诗人经过一番思考，找到了两者的交会点——比赛，孙悟空虽然能上天入地，又有七十二变，可是跟祖国妈妈的本领比起来，那还差得很远，比飞行、比游泳、比变化都不及祖国妈妈。小诗人用一种奇妙的构思写出了祖国妈妈翻天覆地的变化，真是一首不可多得的好诗。

4. 在两个相互对立的事物身上，寻找一种联系。

我们来看俄罗斯著名诗人日丹诺夫的《鸟儿死去的时候》：

鸟儿死去的时候，

它身上疲倦的子弹也在哭泣，

那子弹和鸟儿一样，

它唯一的希望也是飞翔

这首小诗写了什么？写了子弹和鸟。子弹和鸟是两种互相对立的事物。子弹要把鸟射死，两者似乎势不两立。可是我们稍加思索，就会发现射杀鸟的罪过，并不在子弹身上，而是操纵子弹的那个人。诗人凭借自己的生活经验，发现这一对相互对立的事物，也有共同点，那就是飞翔是它们的共同愿望。子弹射杀了鸟，使子弹和鸟的共同愿望均遭到破灭。诗人写子弹射杀了鸟，子弹也哭了起来。子弹为什么哭呢？因为子弹和鸟儿一样，它唯一的愿望也是飞翔。这是一首哲理诗，引发我们对生活的深度思考。从相互对立的事物身上寻找共同点，是对诗人生活经验和想象力高难度的挑战。这个共同点一旦找到了，一首好诗往往就此诞生。

　　诗歌创作本身就是一种创新。寻找事物之间的相互联系，走一条前所未有的创新之路，自然会有许多困难，我们要迎难而上，只有这样，才能创作出深受孩子喜爱的好诗来。

眼　　睛

陈科全（8岁）

我的眼睛很大很大

装得下高山

装得下大海

装得下蓝天

装得下整个世界

我的眼睛很小很小

有时遇到心事

就连两行泪

也装不下

点评： 大和小，是一对矛盾。小诗人写眼睛，一改传统的写法，可谓别出心裁。写眼睛之大，大得可以装下高山、大海、蓝天和整个世界；写眼睛之小，小得甚至连两行眼泪也装不下。日本著名童话诗人金子美铃有一首童诗，叫作《心》。这首小诗同《心》相比，有异曲同工之妙。从大和小去写眼睛，不仅写出了新意，而且写出了生活蕴含的哲理。我们说，诗贵在创新，也只有创新，才能创造出有价值的诗来。

春　天

陶渝晨（7 岁）

草像小刺
戳破空气
绿色
淌了一地

点评：春天，这个题目写的人太多，且不乏经典之作。小诗人笔下的春天，写出了与众不同的特点。到底怎样写春天呢？首先要选取一个具有代表性的事物，小诗人选了小草。小草大家司空见惯，几乎天天见，不少小朋友作文里也常写。可小诗人写小草，只写了小草的尖。为什么只写小草的尖？因为尖尖的小草，可以刺破空气，使绿色淌出来，以至于淌了一地。最后一句，令人称奇，堪称绝妙。

鸟窝和树枝

徐若乔（12 岁）

一顶皇冠

戴在了枝头

树枝一动也不敢动

怕风抢去它

怕雨打翻它

怕孩子们摘下它

这顶皇冠很奇妙

它会唱歌

还能长大

点评： 小诗写了什么，写鸟窝和树枝。鸟窝像树枝的一顶帽子，戴在树枝上，像皇冠一样金贵。可这样一顶皇冠，却非比寻常。它不仅会唱歌，而且会长大。正因为金贵和不寻常，枝条对它呵护备至。既怕风抢去它，又怕雨打翻它，更怕孩子们摘下它。我们说，诗是通过语言符号来表达情感的艺术。小诗人通过描叙鸟窝和树枝相互依存、相依为命的关系，写出了它们之间深厚的感情。小诗人是生活的有心人，他用最灵敏的心，捕捉到一些细微的形象，并发现这些形象闪烁着的光。这是十分难能可贵的。

春天和秋天

胡欣怡（9岁）

她的名字　叫春天

他的名字　叫秋天

春天
让朵朵花儿
芬芳她的容颜

秋天
让片片落叶
诗意他的林子

点评：小诗人写春天和秋天，应该抓住什么写呢？写春天只抓了一个点：花儿。写秋天只抓了一个点：落叶。这两处取舍也许大家能做到，关键是"为什么"呢。春天是为了芬芳自己的容颜，秋天是为了诗意自己的林子。这两句乃神来之笔，营造出一种美好的诗境和意境，令人常读常新，久久回味。

花朵浴缸

姚远（8岁）

芳香的花朵浴缸

把风妹妹引来了

但旁边

早已挤满了

蜜蜂和蝴蝶

点评：关于花朵的比喻很多，但把花朵比作浴缸，不仅形象准确，而且与众不同，极其新鲜且富有诗意。既然是浴缸，并且是香味浓郁、令人迷醉的浴缸，那自然会非常有吸引力。风妹妹被吸引来了，她以为自己来得很早，可抬眼一看，旁边早已挤满了等待沐浴的蜜蜂和蝴蝶。

小诗虽小，却妙趣横生，令人遐想和回味。

种子的故事

高嘉烈（8岁）

种子的故事很精彩

农夫看了

把它当宝贝

藏在土里面

土地偷偷读了

觉得真美妙

忍不住把种子的故事让花朵

带给大家

点评： 一粒小小的种子，在很多大人看来，也许微不足道，不受关注。可是，在小朋友的眼里就不一样了。小朋友不仅关注了这粒种子，还关注了种子的故事。农夫知道这粒种子的珍贵，把它藏在土地里。土地偷偷读了种子的故事，觉得十分美妙，忍不住要把种子的故事告诉大家。让谁来告诉大家好呢？小花朵最合适啦！大家看到的一朵朵小花儿，都在诉说着这粒种子的有趣故事。

小诗人把一粒种子及其故事，写成一首温馨可爱的童话诗，让人在童话诗的美妙意境里流连忘返，陶醉其中而久久回味。

春天什么样儿

梁令闻（9岁）

昨天还是一颗小小的种子
今天就冒出了嫩嫩的芽

昨天还是一个小小的花骨朵
今天就开出了美丽的花

昨天还是一根细细的枝条
今天就长出了绿绿的长头发

春天什么样儿
一天一个样儿啊

点评：要问春天是什么样儿？也许一百个同学，会有一百种回答。如春天是花朵的样子，春天是新芽的样子，春天是种子破土的样子，春天是小雏鸡啄破蛋壳的样子，等等。可小诗人没有这样写，他观察到的春天的样子是不断变化的。昨天的种子，今天变成了嫩嫩的芽；昨天小小的花骨朵，今天变成了美丽的花；昨天细细的枝条，今天长出了绿绿的长头发……就这样，他写出了一个不断变化着的春天。

　　可见，观察很重要，连续不断的动态观察更重要。在观察的基础上，提炼出自己的发现，提炼出与众不同的感受，才是写好一首诗的关键呀！

树阿姨染发

伊水（10岁）

树阿姨很喜欢染发，

不染发她就浑身难受。

她请春姑娘把她的头发染成嫩绿色，

请秋姑姑把她的头发染成金黄色。

也许，因为老是染发的缘故，

到了冬天，树阿姨的头发掉完啦！

为了遮丑，她就用雪缝了一顶

　　白帽子，

小心翼翼地戴在头上。

点评：写一棵树的四季，很容易写得平庸和落入俗套，但小诗人却不一样，竟写出了新意。为什么小诗人能写出新意呢？关键在于，小诗人选取了一个新的角度：染发。从染发写，这个角度就新奇了！树阿姨的头发春天染成嫩绿色，秋天染成金黄色。由于老是染发，冬天头发掉了，只好缝制一顶雪白的帽子戴在头上。

这样写一棵树的四季，一是让人感到"新"，二是让人感到"奇"，三是让人感到"趣"。有了这三点，这首小诗就足以给读者留下难忘的印象。

绿 耳 朵

胡译文（8岁）

春天来了，春天来了
柳树妈妈伸出了绿耳朵
听着春天的歌

点评： 春天来了，春天的歌声响起来了！柳树妈妈急着要听，就伸出了一只只绿耳朵。小诗人有一双诗意的眼睛，善于发现生活中的诗，也正因为他的发现根植于生活的泥土中，他所写的诗自然更具有生命的活力。

春天的雨

管可心（9岁）

春天的雨，

像一杯酸橙汁，

大树喝了，

一个个吐出了小舌头。

点评： 小诗人写雨用笔极简，只用了一个比喻：酸橙汁。为什么要用这个比喻？因为酸橙汁的特点是酸。正是这一味觉——酸，大树喝了，一个个吐出了小舌头。小诗人在观察中融入了自己的想象，虽然诗歌仅仅只有四行，却极富儿童情趣。

春　天

夏圣修（10 岁）

春天是一只小哈巴狗

他的尾巴是湖边的狗尾巴花

他的叫声是冰破裂的声音

他的舌头是暖乎乎的阳光

他的毛是许多小草

他的四肢是粗壮的大树

春天是一只

谁都可以认领的小哈巴狗

点评： 如果要问——春天是什么？不少同学会回答——春天是花朵，春天是蜜蜂和蝴蝶。可如果有同学回答"春天是一只小哈巴狗"，大家一定会感到吃惊。

读完这首小诗，不禁被小诗人的变形想象所折服。不是吗？狗尾巴花是春天的尾巴，冰块破裂的声音是春天的叫声，暖乎乎的阳光是春天的舌头，小草是春天的毛，大树是春天的四肢，而春天，是一只小哈巴狗。小诗人的这种大变形想象，往往给读者留下更为宽广的思考空间，常常产生意想不到的效果。

力　量

汪阳文嫩（10 岁）

一声公鸡的啼叫

唤醒了一群公鸡的啼叫

一群公鸡的啼叫

撕破了黑夜的脸

（辅导老师：汪醒）

点评： 一只公鸡的叫声，唤来了一群公鸡
的叫声。一群公鸡的叫声，撕破了黑夜那张脸。黑夜的脸撕破了，黎明就来了！一
首好的小诗，往往有妙句，这妙句往往在诗的尾句。"撕破了黑夜
的脸"正是这首诗的妙句，也是这首诗的点睛之笔。

春　语

李放航（13 岁）

树叶的春语是稚嫩小嘴吐出来的

飞燕的春语是优美弧线画出来的

白鹅的春语是冷暖清波拨出来的

水牛的春语是牧童短笛奏出来的

杨柳、玉兰、栀子、玫瑰的春语

是柔风细雨姐妹俩人悄悄绣出来的

点评： 人有语言，动物、植物据说也有语言。那么，春天呢？春天自然也有自己的语言。春天的语言又是什么呢？春天的语言是由树叶、飞燕、白鹅、水牛等许多动植物的春语组成的。这些不同的动植物，表达春语的方式各有不同。比如，树叶的春语是稚嫩的小嘴吐出来的，飞燕的春语是优美的弧线画出来的，白鹅的春语是冷暖的清波拨出来的，水牛的春语是牧童的短笛奏出来的，杨柳、玉兰、栀子、玫瑰的春雨是柔风细雨绣出来的。小诗人用极简的笔法，给我们画了一幅春天的图画，诗情画意尽在其中，让人为美的春语而陶醉。小诗人用了"吐""画""拨""奏""绣"等一系列动词，使小诗既生动形象，又十分感人。

冬

郭文翰（10 岁）

冬
用她雪白的肚子
孵着鸟语花香

点评： 怎样才算一首好的诗歌？我们说，好的诗歌在于诗人
创造出了美的意境。一首诗成功与否，全在于意境。王国维在《人
间词话》中说："词以境界为最上，有境界则自成高格，自有名
句。"这里说的境界，实质就是意境。小诗人的这首小诗，只有区
区三行，可谓小之又小，但却能触发读者一连串的想象，形成深
邃而美丽的意境。最后两句，让人可以想象出冬的肚皮下，隐匿
着一个鸟语花香的世界，实在令人拍案叫绝！

小诗人具有不凡的艺术创造力。他给了我们一枚小小的贝壳，
让我们去想象整个大海；给了我们一颗小小的星星，让我们去想
象广袤无际的天空。此诗实乃诗中上品。

偶　　像

顾一依（9 岁）

月亮是香蕉的偶像

为了像月亮一样

香蕉把自己的

果子长得弯弯

把颜色涂得金黄

还想慢慢地

发出金色的光芒

（辅导老师：张华）

点评： 香蕉的偶像是月亮。香蕉想长成什么样儿？它要长成自己偶像的模样儿！外形上，它长得弯弯的，很像一轮弯弯的月亮；颜色上，它把自己涂成月亮那般金黄的颜色，还想像月亮那样发出金色的光芒。

小诗人对月亮和香蕉的观察细致入微，并从观察中发现了诗意，发现了童诗的意趣，进而写成了一首新颖别致的小诗。

想得到的文具

甄熹（9岁）

我想得到

一枚记忆橡皮擦

把我考试考差的事情

擦掉

这样

我就再也不会伤心了

我想得到

一个心情文件袋

把我的好心情

都装进去

这样

我就有满满

一袋子的快乐了

（辅导老师：庄丽如）

　　点评： 一个平平常常的橡皮擦，小诗人凭借自己的想象，赋予它神奇的魔力。瞧，它可以擦去那些不快乐的记忆。从这一点出发，小诗人又自然而然地联想到心情文件袋，希望把自己的好心情装进去，这样一来，自己就有满满一袋子快乐了！小诗人用了一连串的联想，使小诗新颖、形象、丰富，产生了无穷的魅力。

第 2 讲

诗人要有
第三只眼睛

WANG YIZHEN GEI HAIZIMEN

JIANGSHI PINGSHI

※ **两只眼睛不够用**

每一个正常人，都会有两只眼睛。两只眼睛很小，可是它们很神奇。为什么说它们神奇呢？因为世界上许多庞然大物，都可以进入我们的眼睛，譬如汽车、火车、楼房、高山、大海、白云、蓝天，等等。总之，小小的眼睛，可以装下一个无限大的世界。

关于眼睛，一个年仅 8 岁的小朋友陈科全，写了一首小诗《眼睛》：

我的眼睛很大很大

装得下高山

装得下大海

装得下蓝天

装得下整个世界

我的眼睛很小很小

有时遇到心事

就连两行泪

也装不下

　　小诗写眼睛很有趣，说大，大到能装下整个世界；说小，又小到连两行眼泪也装不下。小诗从大和小这组相互对立的矛盾入手，揭示了生活中的哲理，从而引起人们一连串的思考。同时，这也说明两只眼睛的功能是有限的，只能看到一个我们常见的外部世界，即物理世界，却无法看到我们的内心世界，即心理世界。内心世界的东西，用什么来看，两只眼睛已经无能为力，那就必须要寻找第三只眼睛。我们说：诗和小说、散文不同，小说、散文是表现外部世界的，诗则是表现内心世界的，是从内心世界产生的。那么，我们要用眼睛去发现诗、看见诗，就得借助第三只眼睛。而诗人，恰恰是这个世界最特殊的人，他们都长着第三只眼睛。

　　＊　找到第三只眼睛

　　我们说：我们要发现诗、寻找诗，必须先找到第三只眼睛。那么，第三只眼睛在哪里呢？我们来看我国台湾著名诗人林焕彰的《妹妹的红雨鞋》：

　　妹妹的红雨鞋，

是新买的。

下雨天，

她最喜欢穿着

到屋外去游戏。

我喜欢躲在屋子里，

隔着玻璃看它们

游来游去，

像鱼缸里的一对

红金鱼。

　　这首诗写了什么？同学们自然会回答：红雨鞋。可当妹妹穿着红雨鞋到屋外去游戏时，这对红雨鞋就变了。变成了什么呢？变成了一对红金鱼。这种变化，并不是一般的变化，而是一种本质性的变化。红雨鞋是无生命的物体，而红金鱼是一种有生命的动物，是诗中产生的一种新形象、新事物。我们不妨看看红雨鞋是怎么变成红金鱼的。换句话说，我们要问一声：红金鱼是怎么产生的，是两只眼睛看到的吗？显然不是！那么，它们又是怎么来的呢？原来，这是诗人内心的心觉产生的。诗人隔着玻璃看去，雨中白茫茫的世界，就像一个无边无际的大鱼缸。小妹妹穿着红雨鞋跑来跑去，就像在这个大鱼缸里游来游去。那么，心觉又是什么呢？我们知道，人有五种感觉器官——眼、耳、鼻、舌、身，因而就有了五觉——视觉、听觉、嗅觉、味觉和触觉。刚才我讲了，诗人同普通人不一样。不一样在什么地方？诗人比普通人多了一觉。这一觉便是心觉。同学们都知道，眼睛是心灵的窗户。心觉产生的东西，最终要通过眼睛表达出来——这就是我们要说的诗人的第三只眼睛。

那么，心觉又是怎么来的呢？天上掉下来的吗？地上冒出来的吗？显然都不是。我们说小说、散文是叙述世界的，诗是体验世界的。体验是什么意思？体验是说外部世界的事物，来到人的内心世界以后，会发生一种变化。譬如说红金鱼吧，红金鱼和红雨鞋有相似的地方，又有着本质的不同，这种似而不似、不似而似的东西，恰恰就是诗。诗是一种心灵的酿造过程，就同将米酿造成酒一样。我们说诗是情感的艺术，诗与情感有关。当诗人把情感投放在红雨鞋上，心觉里就产生了红金鱼，这也是诗人对生活观察、体验、升华的结果。

＊ 第三只眼睛把我们带进诗的世界

找到了第三只眼睛——心觉，也就找到了诗。人们常常又把心觉称为"心眼"。在创作上有一种说法——"肉眼闭而心眼开"。"心眼"就是诗人的特殊的眼睛。我们来看望安的《白蝴蝶》：

我在门前等妈妈，
草地上开满金盏花。
一只白蝴蝶轻轻飞，
从这朵花飞到那朵花。

我想起亲爱的妈妈，

她穿着美丽的白大褂，

带着托儿所的小娃娃，

在草地上玩耍。

妈妈像那白蝴蝶，

娃娃像那金盏花。

白蝴蝶轻轻飞，

从这朵花飞到那朵花。

在这首小诗里，诗人写的是什么呢？有的同学会说：诗人写的是白蝴蝶和金盏花。那么，这个回答对不对呢？这个回答自然是对的。白蝴蝶和金盏花，是我们用两只眼睛从外部世界看到的。如果用诗人的第三只眼睛去看，还是不是白蝴蝶和金盏花呢？不是了，它们经过诗人内心世界的酿造，发生了变化，变得似而不似，不似而似。变成了什么呢？变成了穿白大褂的妈妈和托儿所的小娃娃。白蝴蝶变妈妈，金盏花变娃娃，这是根本性的变化，是两种不同形象的变化。这样一变，就产生了诗，产生了诗意。所以，我说诗是外部世界进入内心世界的产物。

我们再来看林焕彰的另一首诗《影子》：

影子在左，

影子在右，

影子是一个好朋友，

常常陪着我。

影子在前，

影子在后，

影子是一只小黑狗，

常常跟着我。

　　这首诗写了什么？大家一定会异口同声地回答：影子。影子人人都有呀。我们各位，有谁没影子呢？影子是我们终生的伴侣，它同我们十分熟悉。可要就"影子"为题，写出一首诗来，还要写出新意，并没有那么容易。

　　在这首诗里，从外部世界看，的确写的是影子。可当它进入诗人的心理世界以后，影子还会是影子吗？不会了，它变了，它变成了好朋友和小黑狗。这也是诗人的心觉产生的，是诗人的第三只眼睛看到的。那么，为什么在这里变成好朋友和小黑狗，而不变成别的什么呢？这是影子和人的一种神秘关系决定的。影子和人的关系，实际上很像好朋友、小黑狗与人的关系，彼此相互忠诚又形影不离。诗人把影子同人的亲密关系，通过好朋友"常常陪着我"和小黑狗"常常跟着我"表达出来，真是恰到好处，妙不可言。有人说，写诗是玩文字游戏，那林焕彰先生自然是玩文字游戏的高手。他能把无生命的影子，玩出有生命的好朋友和小黑狗，谁又敢说他不是一个大玩家呢！

　　我们再来看梅绍静的《三片叶子》：

三片嫩叶像三只绿色的小鸟儿，
骄傲地站在树桩上。

树桩只发出这一条绿茎，
绿茎上只有这三只小鸟。

多么可爱的小东西啊，
它们还要为砍断的树桩歌唱。

即使只有这三片绿叶也要向世界呼喊，
让人们永远憧憬那被剥夺的满树春光。

　　黑格尔说过，诗人"凭主体的独立想象，去创造一种内心情感和思想的新的诗性世界"。创造这种诗性世界靠什么？靠的是眼睛，说具体一点靠的就是第三只眼睛。第三只眼睛很神秘，它是沟通外部世界和内心世界的桥梁。外部世界的事物，通过第三只眼睛进入内心世界，幻化成独特新颖的诗的意象，从而构成一个诗性世界。

　　我们来具体分析《三片叶子》这首小诗。小诗写了一棵树，一棵只剩下一截树桩的树。在普通人看来，这是一件再平常不过的小事。可在诗人看来就不一样了，诗人是一个特殊的人，诗人有第三只眼睛。在诗人看来，伐走的不仅仅是一棵树，还伐走了一个与大地相连的活生生的生命，伐走了生机勃勃的满树春光。这样的一种感情，聚焦在伐走的那棵树的树桩上，再聚焦在树桩伸出来的一条绿茎上，最后聚焦在三片嫩绿的叶子上……在诗人的第三只眼睛看来，这就不是三片嫩绿的叶子，而是三只活泼可爱的小鸟。这三只小鸟，既是树的代言人，也是诗人的代言人。它们不但骄傲地站在树桩上，而且还在歌唱，还在呼喊。呼喊什么呢？呼喊那永远被剥夺的满树春光。这里不仅有了诗，也有了诗的内涵。小诗的结尾引人深思，发人深省，也令人咀嚼和回味。

我们再来看王宜振写的另一首诗《我的爸爸从大海回来》：

我的爸爸
从大海回来

我无法测算
爸爸的目光里
含有
多少盐

我更难以预计
爸爸的胸膛里
容纳
多少蔚蓝

守住爸爸

就等于

守住

一个大海

爸爸

使我这个

从小没有见过

大海的人

从此

有了一个大海

相伴

爸爸从大海回来，以普通人的眼光，并不会发现爸爸有些什么变化。但是诗人就不同了，诗人有第三只眼睛。用诗人的第三只眼睛去看，爸爸发生了很大的变化。发生了哪些变化呢？目光里含有盐，有咸咸的味道；胸膛里容纳着蔚蓝，有大海的颜色。这里的爸爸，不再是原来的爸爸，而是一个身体携有大海的爸爸。这是诗人心灵酿造后的爸爸，是诗人心灵化的爸爸；这里的大海，也不是原来的大海，而是诗人心灵酿造的大海，是诗人心灵化的大海。外部世界的大海，一旦进入诗人的内心世界，就变了，变得似而不似、不似而似。自此，诗人的人生经验，获得了更丰富、更具魅力的新形态。这便是梦中的人和梦中的海了。诗人凭借自己的想象力和通感力，从客观世界进入主观世界，进入一个梦幻的世界。这就是这首小诗的神秘之处，它带领我们享受梦幻的愉悦。

同学们写诗，一定要拥有第三只眼睛。大家会说："王爷爷，我们没有呀！"我要说："看，大家都有的。"只要你们热爱生活，在生活中注意观察和感受大千事物，不仅用眼睛去看，用耳朵去听，而且要用整个身心去拥抱事物，不断丰富和升华自己。这样，你就会拥有一颗诗心，拥有第三只眼睛，你们会发现和获得更多的诗意，也就会发现美和创造美，写出有着丰富创造力的好诗来。

饰　品

范璐璐（8岁）

我有石狮子
我有石雕栏
桥对河说——
你一枚饰品也没有

河默默地把桥
抱在胸前
这一枚神奇的饰品
真漂亮

点评：读了这首小诗，我们不难发现，这是桥与河的对话，话题是饰品。桥抱着石狮子和石雕栏，骄傲地对河说："瞧，我有多么美的饰品呀！你真可怜，一枚饰品也没有。"河默默地把桥抱在怀里，说："难道你不是我的一件神奇的饰品吗？"

读了这首小诗，使我想起了卞之琳的名诗《断章》，两者有异曲同工之妙。小诗虽小，却内蕴丰富，不愧是一首清新优美、耐人寻味的哲思妙品。

天空要改名

孙嘉豪（10岁）

有云，有雨，还有风。

有日，有月，还有星。

天上一点也不空，

怎么还能叫天空？

点评：天空，天空，重在一个"空"字。小诗人的发现在于：天空有云、有雨、有风、有日、有月、有星，天空其实并不空。世界上的许多事物，只是徒有一个虚名，事实上名不副实。小诗人的四行诗，隐含了这样一个生活哲理，这就使这首小诗有了恒久的价值。

白天的脚印

洪锐琪（9岁）

你知道吗
白天
也在走路

那天上的太阳
就是它走路时
留下的亮脚印

点评： 在孩子眼里，世界上的万事万物都有灵气，都有自己的生命。即使很抽象的白天，也不例外。白天也可以是一个会说、会笑、会走路的人。小诗人如果仅仅把白天作为一个人，也没有什么令人惊奇之处。关键是小诗人把太阳看作是白天走路时的一个"亮脚印"，这就神奇了！这个"亮脚印"的想象，令我直呼其妙，它不仅带给我一个意外的惊喜，还带来了小诗人创造的无限乐趣。

站　岗

郑理元（9岁）

春天到了
花儿们都来站岗

今天是我
明天是你

一个春天
就这样过去了

点评： 春天来了，谁来保护春天？自然是花儿。花儿要为春天站岗。今天是"我"，明天是"你"，那么多花儿轮流站岗，一直到春天离去。小诗视角独特，给人面目一新的感觉，不愧是一首好诗。

太阳宝宝

孙嘉翌（10岁）

傍晚，太阳正下山
它落到接近地平线的时候
突然，被树枝卡住了
它掉进了鸟窝
太阳变成了鸟宝宝

点评：傍晚，太阳要下山了！可是，下山的路并不顺利，它在接近地平线的时候，被树枝卡住，掉进了鸟窝。掉进鸟窝的太阳，不再是太阳，它变成了鸟宝宝。我们说诗是内视点文学，诗是一个人内心图景的文字再现。大家看，外部世界的太阳，进入小诗人的内心后，就变了，变成了似而不似、不似而似的鸟宝宝，这就是诗的奇妙之处。

等 妈 妈

吕兆恩（9 岁）

妈妈不在家
眼睛饿了
和书本磨牙
哗啦哗啦

小狗饿了
和骨头磨牙
嘎吱嘎吱

肚子饿了
和肠子磨牙
咕噜咕噜

影子最乖
躺地上
和地板磨牙
悄无声息

天黑了

妈妈还没来

我的眼睛、小狗、肚子、影子

我们开始一起磨牙

点评：妈妈不在家的时候，你会有怎样的感受呢？也许你感到肚子饿了，肚子在咕咕叫。小诗人正是从这一感受写起，写了妈妈不在家，"我"的眼睛、小狗、肚子、影子一起磨牙的情景，写得既诙谐幽默，又生动有趣。小读者读了，会发出会心的笑声。

嘘，轻一点儿

廖烁媛（8岁）

嘘！轻一点儿
路过森林
要悄悄地走过去
小小的鸟儿
还没睡醒
不要吵醒它们

嘘！轻一点儿
要悄悄地走过去

点评： 为什么路过森林要轻一点儿，森林里究竟藏着怎样的
秘密呢？原来，小鸟还没有睡醒，行进的人和动物不要吵醒它们！
小诗写了一个关爱自然的主题，告诉我们不要去捕鸟、打鸟，甚
至连它们的睡眠也不要打扰。小诗人善于观察生活，善于捕捉刹
那间心灵的闪光。小诗写得自然、纯净、简洁，似信手拈来，不
费吹灰之力。

名　字

孙燕（9 岁）

我和别人都有的

是什么——

名字

我和别人不同的

是什么——

名字

点评：生活中有一种奇特的现象，在某些方面相同的人、事、物，在另一些方面又恰恰是不同的。小诗人善于观察和发现，从人们司空见惯的名字中，发现了相对而又非绝对的生活哲理，使这首六行小诗不仅耐人寻味，而且有了永恒的审美价值。

云是会写故事的小孩儿

孙子涵（11岁）

云是会写故事的小孩儿，
写过池塘的故事，
她睡在水的怀抱里，
月亮哼着催眠曲。

云是会写故事的小孩儿，
写过雨滴的故事，
她光着脚丫向大地上跳，
连风儿都为她鼓劲儿呢！

云这个小孩儿，
写过许多故事，
轻飘飘的笔，
写下的故事千变万化。

　　点评：小诗一开始，就用拟人的手法，把天上的云比作会写故事的小孩儿。这就制造出一个悬念：这小孩儿都写了哪些故事？小读者一定急于看个明白。接着，小诗告诉我们：云孩儿写过池塘的故事，她睡在池塘里，小月亮为她唱催眠曲；云孩儿写过雨滴的故事，写雨滴很勇敢，光着脚丫从天上往下跳，小风都在给她喊加油呢！小诗人从云孩儿写故事生发开来，用了辐射式的联想方式，使小诗内容更加丰富有趣。小诗人善于体验生活，并善于把生活内化成自己内心的图画，这才写出这样令人感动的诗篇来。

鱼儿和我

王雨涵（12 岁）

鱼儿，你是哪颗星星的孩子？

我听不懂你的语言。

你可听得见我说话？

我读懂了你的眼睛，

能看清你的心。

鱼儿，其实我们不需要嘴巴，

只用心与心谈话。

点评：鱼儿是星星的孩子吗？如果不是，为什么它们的语言我们听不懂呢？它们的语言不懂也罢，反正"我"已经读懂了它们的眼睛，读懂了它们的心！那么，我们就不要用嘴巴好了，只用心与心谈话。小诗告诉我们：语言的交流固然重要，关键还在于心与心的相通和共鸣。小诗写一个小朋友与鱼儿的对话，其间渗透着极其美好的情感。读这样的小诗，自然会受到情感陶冶，达到美化心灵的效果。

种子的梦想

虞一朗（8 岁）

种子
有个梦想
它想成为文学家
把自己
知道的故事
写在叶子上

点评： 人有梦想，种子呢？种子也有梦想。它的梦想是当一
名作家。它想把自己知道的那么多有趣的故事，写在一片片叶子
上。瞧，风儿来读了，蝴蝶、蜻蜓也来读了，它们越读越入迷，都
夸种子的故事写得好呢！这首小诗，用了拟人化的手法，把种子
比作一个会写故事的人，写了很多有趣的故事，可谓妙趣横生。小
诗短短几句，就把小读者带进了一个风趣幽默的童话世界。

钥　匙

李飒（8岁）

妈妈有一把钥匙，

可以打开家门；

爸爸有一把钥匙，

可以打开车门；

奶奶有一把钥匙，

可以打开院门；

我问爷爷：

爷爷，你有钥匙吗？

爷爷放下手中的喷壶，微微一笑，

指着遍布房前屋后

五彩缤纷、香气四溢的花朵：

它们呀，就是我的钥匙。

我想了想，拍手大笑：

还是爷爷的钥匙最厉害！

因为呀，

它们可以打开四季的大门！

（辅导老师：腾凌）

点评： 妈妈、爸爸、奶奶、爷爷都有一把钥匙，他们的钥匙作用各不相同。妈妈的钥匙能打开家门，爸爸的钥匙能打开车门，奶奶的钥匙能打开院门，只有爷爷的钥匙特别——它们是一些五颜六色的花朵。可不要小看这些花朵，它们能打开四季的大门。小诗人从钥匙的对比中，发现诗意，并写出了诗的意境，使小诗具有了厚度和高度。从结构上看，小诗采用了平行递进的手法，生动展现了小诗人较强的表达能力。

风

时金壹（12 岁）

我追逐自由的风，

却怎么也追不上。

我停下来问：

"如何像你一样轻灵？"

它拂在我耳边，

轻轻地说：

"你要把自己看得很轻，很轻。"

（辅导老师：樊云）

点评： 写风的诗很多，这首小诗与众不同。小诗人写风，只抓住了风的一个特点：轻灵。诗中"我"追问风：如何像你一样轻灵？风神秘地说：你要把自己看得很轻，很轻。一句话，小诗人就写出了生活中的哲理。这个"轻"字，极富弹性，即具有多义性和多解性。这首诗由感觉写起，然后直抵智性层次。这种深刻的、深邃的感情，引起我们多角度、多层次的思考。小诗虽短，却蕴意丰富，完全是一首清新优美、耐人寻味的哲思妙作。

诗

尹惠（10 岁）

太阳写诗的时候

写出来的

是甜美又充满活力的阳光

云朵写诗的时候

写出来的

是温和、俏皮又可爱的雨滴

孩子写诗的时候

写出来的

是美好又芬芳的梦

（辅导老师：龙亭如）

点评： 太阳、云朵和孩子都在写诗，且写的诗各不相同。太阳写的诗是充满活力的阳光，云朵写的诗是温和、俏皮、可爱的雨滴，孩子写的诗是美好又芬芳的梦。

三段不同的内容，展现了小诗人丰富的想象力。小诗人以诗为圆心，展开了三个层次的并列联想，使思路更加开阔，使语言更富有文采和表现力。

枫 树

张扬（11 岁）

枫树

喜欢听小动物们讲故事

每一只小动物讲过

他都会努力地鼓掌

他一直都在听

他从春天听到秋天

最后一只小动物讲完

他的手也拍红了

（辅导老师：胡琛琛）

点评： 枫树的叶子，就像一个个小巴掌。秋天来了，枫树的叶子就变红了！面对这一普普通通的自然现象，小诗人展开丰富的联想：枫树一边听故事一边鼓掌。

小诗人的想象十分新奇，很善于观察。观察是我们学习写诗的第一个本领；联想是第二个本领；想象是第三个本领。学会这三个本领，一首小诗就水到渠成了。

第 3 讲

诗人是
一个魔术师

＊ 诗是把米酿成酒

文学是一个大家庭。在这样一个大家庭里，生活着许多兄弟姐妹，有小说、诗歌、散文、报告文学，等等。如果把它们按审美视点来分类，整个文学可以分为两大类：一是外视点文学，二是内视点文学。外视点文学是表现外部世界的，是以叙述形式出现的，是彰显客观世界之丰富的。小说、童话、散文、报告文学、戏剧等文学样式，都属于外视点文学。诗歌则不同，诗歌属于内视点文学。

那么，何为内视点呢？人常说：诗歌是心灵图画的文字再现。这个心灵图画就是人的心灵视点、精神视点，也就是我们所说的内视点。内视点同外视点不同。内视点是体验世界的，是对世界情感的反映，是披露心灵世界之精微的。大家都喜欢看小说、童话这些作品，为什么呢？因为它们有情节。情节一波三折，能紧紧地吸引大家。传统的小说有开端、发展、高潮和结局四个环节。这四个环节环环相扣，构成了趣味横生的一连串情节。小说是这样，戏剧也不例外，它必须实现戏剧化。什么是戏剧化？戏剧化的关键是戏剧冲突。戏剧冲突包括三个方面：一是剧中人物之间的冲突，二是人物内心的冲突，三是人物与外部环境（社会环境、自然环境等）的冲突。戏剧冲突是现实生活中各种矛盾的戏剧化呈现。一出戏剧，靠什么赢得读者？是靠戏剧冲突，靠展现冲突的起始、发展、高潮和结局。戏剧冲突得到圆满的解决，这出戏也就落下了大幕。小说也好，童话也好，散文也好，戏剧也好，它们都遵循一个共同的原则，那就是情节第一的原则；而诗歌则不同，诗歌遵循的是体验第一的原则。可以说，诗是客观世界的内心化、体验化、主观化、情态化。当然，有时叙事文学也会淡化对外在世界的叙述，淡化情节，强化抒情的描绘，也就是叙事文学的诗意化。有人把这样的散文特征称为"内转"，但无论怎样内转，都无法改变叙事文学以叙事为主的特点。从审美视点来区分诗与其他文体，能十分清楚地区分开来。

既然诗是体验世界的，那么，外部世界的事物进入内心世界以后，就有一个变异的过程，或者叫作酿造的过程。外部世界的一粒米，进入人的内心世界以后，经过内心世界的酿造，就不再是米，而变成了酒。米酿成酒和米做成饭不同。饭不变米形，只是胀大了，变胖了，没有发生质变。米变成酒就不一样了，形和质都发生了根本的变化。从形来说，从固体变成了液体；从质来说，酒不再是米，它不再用以充饥，而是变得可以醉人。诗人写诗的过程，就是把生活中的米变成酒的过程，是一种质变。

我们不妨来看王宜振的童诗《小熊维尼的橡皮》：

小熊维尼

借我一块橡皮

我用它擦去了

莎莎脸上的小雀斑

莎莎变得漂亮多了

她不再为雀斑

吃不下饭

我用它擦去了

邻桌涛涛没完没了的烦恼

他的数学考试亮了红灯

受了老师的批评不说

又挨了爸爸的斥责

橡皮擦去他的烦恼

使他鼓起了勇气

回到家

我用它擦去了

奶奶额头的皱纹

奶奶变得年轻了

走起路来

像一阵风

小熊维尼的这块橡皮

看起来跟普通橡皮没有区别

用起来

却是那么神奇

  一块在外部世界看来很平常很普通的橡皮，它的用途是擦掉写错的字。可这块橡皮，一旦进入诗人的内心世界，经过诗人心灵的酿造，就发生了变异。变成了什么呢？变成了可以擦去雀斑、擦去烦恼、擦去奶奶脸上皱纹的魔法橡皮。这在现实世界里可能存在吗？自然是不可能的。可是在诗人的心理世界中，经过诗人心灵的酿造，就将这种不可能变成了可能。我们说，内视点对外在世界，总是存在着一种超出机制，诗美也就从此产生。也可以说，诗歌是从外部世界进入心理世界的变异过程。变异是什么？变异是一种想象。准确地说，就是虚拟，它其实是一种假装的游戏。儿童做游戏，纯粹由于其中有乐趣，可以获得情感的满足。

   * 诗人化有为无，实现现实的心灵化

  外界的事物，进入诗人的内心以后，诗人又是怎样进行变异的呢？我要说，诗人就像一位魔术师，他有一个重要的本领，就是把有的东西变无，简称"变有为无"。世界上的万事万物，经过诗人心灵的酿造，就发生了变化，变得似而不似，不似而似。说它不像原来的事物吧，又有点像；说它像吧，又不完全像。也就是说，诗中之物，不再是原来之物，而是心灵的太阳重新照亮之物；诗中的世界，也不再是原来的世界，而是心灵的太阳重新照

亮之世界。诗人以心击物（源于王昌龄诗句），使物皆著"我之色彩"（王国维语），这个色彩使物发生了变化。

我们来看日本诗人赤岗江里子的《苹果和橘子》：

从爸爸的故乡，
寄来了苹果。
拨开箱子里的稻壳，
红红的苹果滚了出来，
这些曾经在岩木山麓
燃烧的一团团的火。

从妈妈的故乡，
寄来了橘子。
箱子里装满了
金黄的小太阳，
还飘出樱岛前的小村里的风
浓浓的，沾满了橘香。

高高地堆在桌子上，
闪耀着光芒的
爸爸的故乡，
妈妈的故乡。

从爸爸的故乡寄来的苹果，从妈妈的故乡寄来的橘子，一起高高地堆在桌子上。经过诗人心灵的照耀，苹果和橘子就变了。变成什么了呢？它们不再是苹果和橘子，而是两个故乡。这就把具象的苹果和橘子，变成了抽象的概念——故乡，也可以说把现实生活中的苹果和橘子，变成了心灵化的故乡。这种把有变无的手法，也正是魔术师常用的手法。魔术师能把现实中的东西真的变没吗？不能！而诗人恰恰可以做到。说诗人是一个魔术师，有过之而无不及，甚至比魔术师的本领要高强得多。

我们再看我国台湾诗人谢武彰的《春天》：

风跑得直喘气

向大家报告好消息

春天来了，春天来了

花朵站在枝头上

看不见春天

就踮起脚尖，急着找

春天，在哪里

春天在哪里

花，不知道自己就是

春天

这首诗写花朵站在枝头上，到处寻找春天，竟不知道自己就是春天。诗人把现实生活中的花朵，化为心灵化的春天，同样用的是化有为无的手法。花朵是具象的，是现实生活中看得见、摸得着的，而春天却是抽象的。把具象的化为抽象的，是诗人惯用的一种手法。也正是这种巧妙的手法，产生了诗，产生了趣味横生、耐人寻味的诗。

＊　诗人化无为有，实现心灵的现实化

魔术师除了可以"化有为无"外，还有一个重要的本领，便是"无中生有"。诗人缘心造物，这个物是心觉产生的物，是诗人心灵化的物。

我们来看我国台湾诗人张金美的《梦》：

梦像一条小鱼，

在水里游来游去，

想捉他，

他已经跑了。

梦像一滴雨，

从天上掉下来，

想去捧他，

他已经着地了。

梦像一阵风，

从远方吹来，

想捉住他，

他已经离开了。

　　在这首小诗中，梦是抽象的，是看不见、摸不着的。怎样把抽象的事物生动形象地展现出来，最有效的办法就是化抽象为具象。把看不见、摸不着的东西，变成可见、可触、可感的东西。诗人把梦比作小鱼、雨和风，这就是把抽象的事物具象化了，使抽象的事物变得更形象、更生动、更具体。为什么诗人把梦比作小鱼、雨和风，而不比作别的什么呢？这是诗人的第六感觉——心觉生成的。它是诗人心灵化的产物。这种无中生有的手法，能使读者对梦的理解更清晰，也更具体。

　　下面，我们来看我国台湾著名诗人余光中的《乡愁》：

小时候

乡愁是一枚小小的邮票

我在这头

母亲在那头

长大后

乡愁是一张窄窄的船票

我在这头

新娘在那头

后来啊

乡愁是一方矮矮的坟墓

我在外头

母亲在里头

而现在

乡愁是一湾浅浅的海峡

我在这头

大陆在那头

　　在这首诗中，乡愁是一个抽象的、难以理解的事物。要想把乡愁更简洁、更直观地告诉读者，诗人要做的第一步就是化意为象，把这种抽象的、难以理解的思乡的情绪，转化为邮票、船票、矮矮的坟墓、浅浅的海峡四种意象。这就成功把抽象的乡愁，转化为可见、可触、可感的邮票、船票、矮矮的坟墓和浅浅的海峡，也就是说把乡愁这一心灵之物具象化和现实化。诗人要做的第二步，就是寻找这四个意象同社会生活的关联，写出母子离别之愁、新婚离别之愁、母子永别之愁和国家与民族之愁。诗人不仅对个人人生经历进行了浓缩和概括，而且把乡愁演化成荡气回肠的祖国之思，令人遐想和回味。这大大增强了诗歌的穿透力、表现力和感染力，使诗歌更富有文学的高度、厚度和深度。

　　我们再来看王宜振的《想一个名字》：

把一个名字

想成一粒星星

在这个漆黑的夜晚

我便有了光明

把一个名字

想成一朵火焰

在这个寒冷的冬天

我便有了温暖

把一个名字

想成一只飞鸟

在这个寂寞的日子

我便有了音乐

把一个名字

想成一颗黄豆

这粒凝固的阳光

把我心灵的阴影擦亮

　　名字，本身是一个抽象的事物，既看不见，又摸不着。要把这么抽象的事物展现给读者，该怎么办呢？诗人首先把抽象的事物具象化，把它化作可见、可触、可感的星星、火焰、飞鸟和黄豆。这四种意象，大家都见过，也十分熟悉，这就使难以理解的事物经过心灵的酿造，实现了具象化和现实化。自然，现实中的名字与诗中的星星、火焰、飞鸟和黄豆，似乎没有多少联系，它们之间的变形程度是相当高的。诗中的意象是抽象的具象，诗人打开了心灵深处的双眼，其诗也就获得了生命。

　　诗人是一个魔术师，他可以化有为无和化无为有。魔术师无法真正做到这一点，可诗人却做到了，诗人真的比魔术师要高明得多呢！

花开的声音

谢怀瑾（9岁）

花开的声音

"嘀嗒"

被小蝴蝶听见了

他站在花儿上

等待着春天的到来

花开的声音

"叮咚"

被小蚂蚁听见了

他天天守护花儿

让花儿成为一顶宽大的伞

花开的声音

"嘘"

被小动物们听见了

大家都不动了

等待她的开放

点评：花开会有声音吗？也许大人并不留心这个，可是孩子会关心，小蝴蝶、小蚂蚁、小动物们也会关心，它们听到了花开的"嘀嗒"声，听到了花开的"叮咚"声。这些声音也许太美妙了，它们都静静地听着、看着，让花儿一朵朵地开放。过去，有人说孩子是天生的诗人，我总不大赞同。可读了大量的孩子的诗，我觉得这话有一定道理。为什么呢？因为孩子有一颗童心。童心是什么？童心就是诗。正是这颗童心，让孩子离诗最近，离诗意最近，大人不容易发现的诗，孩子却发现了。孩子从花开花落中发现了诗，发现了美，发现了事物之间不可察觉的神秘联系，他们把这些新发现写下来，便成了诗，而且是一首好诗。

爷爷生气了

张乔若（7岁）

为什么把爷爷的头发
全部画成竖起来的呢
这是因为
爷爷老爱生气

那为什么还要在头发上
画一把剪刀呢
因为宝宝
想把爷爷的坏脾气剪掉

点评：人生气的时候，头发会一根一根地竖起来。爷爷老爱生气，头发也总是竖起来。小诗人就想怎样才能除掉爷爷的坏脾气呢，不如在爷爷的头发上画一把剪刀，这样就可以把坏脾气剪掉了！小诗想象奇特，且幽默风趣，是一首不错的小诗。

我愿做一只小白狗

张毓骐（10 岁）

我愿做一只小白狗
是祖父喜欢的那只小白狗

每当
祖父在那张绿藤椅上读书时
我便在他的怀里打盹
哪怕在他腿间
用温热的鼻子嗅一嗅
也好

可是
祖父早已躺在了那片
开满了花的田野里

点评： 小诗人要做一只小白狗，为什么别的不做，偏要做一只小白狗呢？原来，祖父生前喜欢小白狗。小诗人想变作小白狗，在祖父读书时，躺在他的怀里打盹，用温热的鼻子嗅一嗅。小诗人借用这只小白狗，表达了对祖父的深厚感情。可是，祖父毕竟已经不在了，躺在了开满野花的田野里。自此，小诗骤然多了一种淡淡的忧伤，使人心中滋生一种深深的怀念和莫名的惆怅。

橡 皮 擦

董宗妮（6岁）

橡皮擦

最没学问的东西

因为

他所读过的字

都是错别字

点评： 一个小小的橡皮擦，也能被写成一首小诗吗？能！年仅六岁的小朋友董宗妮，不仅把橡皮擦变成了诗，而且变成了一首绝美的小诗。她首先指责橡皮擦是一个没有学问的东西。为什么这样指责他？因为他所读过的字，都是错别字呀！最后一句，乃绝妙之极，出神入化地写出了橡皮擦的功能，且又鲜活生动。读此诗，不免为小诗人的表达力赞叹不已。

柳芽的心跳声

余超（11岁）

温暖的午后
我和春风一起
听到了
柳芽的心跳声

那么小
那么轻
那么密

每一朵柳芽
都有一颗
小小的心

在春天的午后
自由地
跳着

点评：春天，柳树发芽了，像一只只小鸟的嘴，啄得小树发痒。这么有趣的事物，大人常常疏于关注，而孩子却关注了，不但关注了，还听到了柳芽的心跳。那么小，那么轻，那么密，每一朵柳芽，都有一颗这样的心，在春天的午后，自由地跳着。这是诗人的眼光，诗人的发现。小诗人通过对柳芽细致入微的观察，把自己的感情投放在柳芽上，不仅发现和感受到了柳芽的心跳，也发现和创造了诗意。

藏不住的秘密

彭佳瑶（9岁）

雪花的秘密，

是想把大地藏起来。

可是，

当一根根小幼芽探出脑袋，

秘密还能藏得住吗？

点评：小小的雪花，却有一个伟大的理想，这理想就是把大地藏起来。它们手拉手从天上来到人间，果真给大地盖上了一层厚厚的棉被，把大地藏了个严严实实。可是，当小草从冰雪中探出小小的脑袋，雪花再也无法掩盖大地了。小诗人用了一个反问：秘密还能藏得住吗？小诗告诉我们：大自然是有规律的，它会按照它的规律行事，任何违反自然规律的行为都是徒劳的。小诗所揭示的生活哲理，耐人寻思和回味。

我的愿望

姚晨萱（8 岁）

我的愿望像太阳

在发光

我的愿望像河水

在流动

我的愿望像大树

在生长

我的愿望像蝴蝶

在飞舞

有愿望的人

会飞、会发光、会生长

点评： 愿望本身是一个十分抽象的事物。把愿望变成太阳、河水、大树、蝴蝶，这就把抽象的愿望具象化、形象化了。诗的前四句，由感觉进入到情感的层次。小诗人并不满足进入到这一层次，最后一句"有愿望的人/会飞、会发光、会生长"，使小诗进一步深化，直击智性层次，也可以说是哲理层次。智性层次，也是所有诗人的共同愿望和终生追求。小诗人仅仅八岁，却写出这样有深度、有内涵、有意境的小诗，实在难能可贵。小诗人并不懂什么诗的理论，她只是把自己内心的话写出来，把自己生活中的新发现写出来，这种纯真的感情、纯真的感觉力和想象力，恰恰就是最好的诗。

星　星

吴艾雨（6 岁）

我在海边

看到了满天的繁星

我问妈妈

星星为什么掉不下来

妈妈说

天空是星星的妈妈

她把孩子紧紧地搂在怀里

点评： 站在一望无际的大海边，望着满天闪闪烁烁的星星，你会有怎样的想法？你会不会像小诗人那样去想：星星为什么不掉下来呢？是的，也许不少小朋友都会这样想。可妈妈的回答，确实出乎人的意料，她没有从科学层面去回答，而是完全从儿童的视角出发，进行了文学的回答。"天空是星星的妈妈/她把孩子紧紧地搂在怀里"，这不仅是一种文学的回答，而且也是一种爱的回答，揭示了一个有关爱的主题，也揭示了爱是相互依恋、相互陪伴的道理。读了小诗，让人产生许多联想，给人许多启迪。

串 门

黄豆逗（8岁）

我有一本书

上面爬满带墨香的小人

第一天

我看到他们在一个故事里

第二天

我在另一个故事里也看到了他们

他们是不是在书里

搞串门的游戏

点评： 喜欢看书的小朋友，都会有一种发现：墨香的小人儿，今天出现在这本书里，明天又出现在另外一本书里。有的小朋友也许会说，他们是在做串门儿的游戏。可我要说，他们是在做排列组合的游戏。当他们排成一列一列整齐的队伍的时候，他们就组成了一个有趣的故事；如果改变他们的先后次序，他们会组成另一个有趣的故事，这就是文字的秘密和书籍的魅力。当我们学会了许多字，就能把他们进行排列组合，从而组成一个个有趣的故事。这种有趣的游戏，你们是否玩过呢？

枫　　叶

沈星语（8 岁）

风儿弟弟学吹喇叭
"呼呼呼，呼呼呼"
怎么也不成调

小枫叶鼓励他
拍得手掌
都红了

点评：秋天来了，漫山遍野的枫叶红了！小诗人不仅观察到了，而且在观察的基础上，产生了一系列联想：风弟弟学吹喇叭，呼呼呼，呼呼呼，怎么也吹不成调；小枫叶看见了，不仅没有嘲笑风，还拼命地给风鼓掌，以至于把小巴掌都拍红了，竟然毫无察觉。小诗人由现实景物触发了联想，这种联想不仅贴切，而且自然，让人感受到一种诗意和情趣的美。

调皮的雨滴

王舒羽（8岁）

在瓦房上敲打乐器

在玻璃窗上玩滑梯

在荷叶上跳蹦床

在田野里

给庄稼挠痒痒

庄稼又长高了一截

点评： 雨滴，大家都见过。可你有没有对雨滴进行过观察呢？
小诗人观察了，而且观察得十分细致。你看，小小的雨滴在瓦房
上敲打乐器，在玻璃窗上玩滑梯，在大荷叶上跳蹦床，在田野里
给庄稼挠痒痒。哈哈，雨滴多像顽皮的孩子啊，不停地做着各种
好玩的动作。小诗人的高明之处，还在于用了"敲""玩""跳"
"挠"等一系列动词，把一个顽皮的小孩写得那么活泼、那么可爱，
给人留下十分深刻的印象。

荷　叶

鲁巾琳（11 岁）

池塘里

有一大片荷叶

你挤我，我挤你

扭动着自己的身体

它们是在比赛

看谁最先走进

我的诗里

（辅导老师：张晓鹏）

点评：写荷叶，这首小诗别出心裁，完全摒弃了以往写荷叶的套路。诗中荷叶你挤我、我挤你，那般拥挤，是为了扭动自己的身体，抢先走进"我"的诗里。读到这里，我为小诗人的构思直呼奇妙。一首小诗，能不能实现陌生化，构思极其重要。构思新巧，小诗便有了新意，有新意有创新的小诗，才是真正的好诗。

鸟的秘密

洪恩博（9岁）

小鸟在树上

叽叽喳喳地

说着秘密

我听不懂

我问树

树摇摇头

我问路过的狗

狗摇摇尾巴

只有蝉

一直叫着

知了知了

（辅导老师：张华）

点评：小鸟在树上，叽叽喳喳地说了些什么？不但"我"听不懂，就连树也听不懂。路过的那条狗呢？不用说，也听不懂。可树上的那只蝉，"知了知了"地叫着，它听懂了吗？谁知道呢，反正蝉年年总是这样叫着。这首小诗，极富童趣。不少人读了，直称它是童诗中的上品。

思　念

邓宇辰（9岁）

我多想变成一件快递，

让爸爸妈妈把我寄回老家。

不知道小伙伴们玩的游戏是否还在继续，

树林里落下的山核桃有没有被他们捡光。

可爱的大黄、小黄还记不记得我的模样，

庙里的钟声会不会还经常响起。

希望一切回归正常，

让我回到思念的家乡。

（辅导老师：马文慧）

点评：小诗人离开了家乡，却一直在思念家乡。他甚至想变成一件快递，让爸爸妈妈把自己寄回老家。为什么对故乡那么恋恋不舍呢？原来他一直在叨念：故乡小伙伴们那有趣的游戏是否还在继续，树林里落下的山核桃是否被捡光，大黄、小黄两只狗是否还记得自己……小诗人写的完全是自己的真情实感，这样才会使读诗的人产生共鸣。正是小诗人独特的真实感受，让小诗有了恒久的艺术生命。

流　水

阿黑么友外（9 岁）

因为火灾

树向小溪求救

一向勇敢的流水

这会儿

也吓得使劲往河里走

很快，消防队员来了

他们是山上最可爱的一股流水

流着流着

山火就熄灭了

（辅导老师：张建斌）

点评： 这首诗中，第一小节里的"流水"，是指现实中小河里的流水；第二小节里的"流水"，是虚拟的"流水"，指能起到"流水"作用的消防队员。这首诗歌通过一个别开生面的虚拟的想象，赞扬了消防队员不畏艰险、舍生忘死的高贵品质。

第4讲

诗是
梦幻的艺术

＊　诗的梦幻性是怎样产生的

诗有许多种类，主要可分为两类：一类是抒情诗，一类是叙事诗。明清以来，由于小说这种文体的快速发展，叙事诗的一些功能被小说所替代，叙事诗在走下坡路。进入当代，叙事诗就更加式微，抒情诗成了最主要的诗体形式。

谈到抒情诗，同学们一定会注意到"抒情"二字。抒情，就是抒发内心的情感，抒发对现实生活的切身感受。可见，抒情是抒情诗的主要元素，离开抒情，抒情诗也就无从谈起。那么，诗人又是怎样进行抒情的呢？写诗的第一步，就是化现实生活为内心生活，化外部的物理世界为内心的心理世界，化外部的审美对象为内心的体验。这样一来，诗就产生了主观性。诗的主观性非常重要，它是抒情诗的一个重要特征。那么，它重要到什么程度呢？可以说，没有主观性便没有诗。取消了主观性在审美创造中的作用，也就从根本上取消了诗。人常说：诗不在观，而在观感；诗不在听，而在听感；诗不在世界本来是什么样子，而在世界看起来是什么样子；诗是一种主观体验，它不仅是主体与客体的沟通，还是对两者的一种创造。

诗的主观性有一对翅膀，其一是它的梦幻性，其二是它的非逻辑性。

今天我们先谈谈诗的梦幻性。

诗人王宜振曾写过一首小诗，题目叫《小花朵的梦》：

调皮的小风，

把小花朵的梦，

吹开一条缝。

它想瞧一瞧，

小花朵的梦里，

有没有会唱歌的星星。

它想数一数，

小花朵的梦里，

由几种漂亮的颜色组成。

谁知从那条缝里，

滴出几滴，

弯弯曲曲的鸟声……

人有梦，小花朵有没有梦呢？如果有，小花朵的梦又是什么呢？调皮的小风儿，带着这样一个有趣的问题，决定要亲自瞧一瞧。它来了，它用嘴轻轻一吹，就把小花朵那个完整的梦，吹开了一条细细的小缝。小风眯起眼睛，朝那条细细的小缝里看进去。它想看什么呢？它想看一看：小花朵的梦里有没有会唱歌的星星，小花朵的梦里有几种漂亮的颜色。可令人遗憾的是，小风儿没有看到这一切。在这时，令人意想不到的事情发生了，从那条窄窄的缝里，滴出几滴弯弯曲曲的鸟声。小诗仅仅只有十二行，却为我们虚拟了一个梦幻世界。人往往在两个世界里生活，一个是现实的物理世界，一个是虚拟的梦幻世界。俗话说"文醒诗梦"，诗人与梦者十分相似。诗人在内时空生活，在恍惚的梦境中漫步。诗总是与梦境结缘，太清醒则没有诗。

＊　诗的梦幻性的主要特征

诗的梦幻性又有哪些主要的特征呢？我想，主要有以下几个方面：

（一）荒诞性

我们来看美国诗人希尔弗斯坦的《总得有人去擦星星》：

> 总得有人去擦星星，
>
> 它们看起来灰蒙蒙。
>
> 总得有人去擦星星，
>
> 因为那些八哥、海鸥和老鹰

都抱怨星星又旧又生锈，

想要个新的我们没有。

所以还是带上水桶和抹布，

总得有人去擦星星。

　　星星蒙了尘，生了锈，需要有人带上水桶和抹布，上天去擦一擦。这真是一个奇绝的想象，绝对是现实生活中不可能发生的事情。这首诗集荒诞、夸张、童趣和幽默于一体，极具可读性，也为小读者打开了理解世界的另一扇门，让他们享受荒诞世界带来的心灵愉悦。小朋友年龄小，他们总是喜欢想象，而且想象往往天马行空，奔放不羁。这种荒诞不经的诗歌，正好契合了他们的年龄特征。诗的荒诞性来源于诗的梦幻性，而诗的梦幻性来源于诗人的内时空，它是超现实的一种构思，为诗歌的写作打开了一条新的路径。

　　诗人王宜振曾经写过一首小诗，叫作《夏天的画》：

这年夏天

我画了一幅画

画上有一棵树

长着许多绿叶

树下

有一只狗熊在玩耍

如今

已经是冬天了

画里的温度

骤然降到零下三十度

那些绿叶

早已变黄

早已飘落

只是那只狗熊

冻得直发抖

它找不到一个树洞

可以冬眠

一个粗心画家的画

竟引来那么多

叹息的目光

　　夏天画的一幅画，自然有大树，大树上长着绿色的叶子。树下呢，还有一只正在玩耍的狗熊。到了秋天，季节发生了变化，画里的风景也随着季节在变化。树叶变黄了，飘落一地。画里的温度骤然降至零下三十度，这可苦了那只狗熊，它找不到一个可以冬眠的树洞。原来，是那个粗心的小画家没有预想到画里季节的变化，忘了给那只狗熊画树洞。诗人最后写人们用叹息的目光来看待这一情景，这其中蕴含着人们的遗憾，也蕴含着人们无奈的善意。画里发生的故事，自然是一个荒诞的故事。画里的世界，是一个虚幻的世界，它和现实的世界交织在一起，形成一幕亦幻亦真的情景，让人在其中流连忘返，享受它带给我们的诗趣、童趣和情趣。

（二）神秘性

我们来看著名诗人麦城的《一枚树叶》：

一枚秋天的树叶

落在地上

我弯腰捡起它

随手夹在一本书里

树叶的名字

我说不出来

它的形状

很像住在我目光上的

一个人的眼睛

回到家里

外面刮起阵阵大风

此时我看见

许多手正使劲地拽着玻璃

摇晃着我的经历

刚刚坐定下来

家里突然也有风吹叶动的声音

顺着声音寻去

原来那片被夹着的树叶

在书里刮起了风

这突如其来的一切

吓得我冷汗淋淋

我担心这捡回来的风声

会不会和外面的风拧成风暴

这片树叶是现实中普通的树叶吗？不是，绝对不是！它是一枚具有魔幻色彩的神秘的树叶。从外观上来看，它"很像住在我目光上的 / 一个人的眼睛"；从能力来看，它能呼应外面的风，在书里刮起风。这种外观上的形状，和它产生的动能，不禁使人害怕起来。害怕什么呢？害怕这枚树叶和外面的风合谋，会拧成一股强大的风暴。这枚小小的树叶，也许并不起眼。一旦诗人给它披上神秘的外衣，它便会引起小读者极大的兴趣，进而使小读者去探究它神秘的原因，引发他们无穷无尽的遐想。

诗人王宜振有一首曾经在《十月少年文学》杂志获奖的作品，题目是《神秘的词语》：

老师
在我的小诗里
加进去
一个词语

谁也说不清
这神秘的词语
是采自天堂里
哪一颗耀眼的星辰

我的那首小诗
立即大了起来
我的那首小诗
立即亮了起来

我的小诗
变成一朵火焰
在这个落雪的日子
温暖了一屋子人

　　一首小小的诗，老师在修改时，加进去一个小小的词语。这
也许是我们常见的极普通极正常的一件小事。可是诗人与众不同，
诗人会把这个小小的词语主观化、心灵化、梦幻化、神秘化，使

它不再普通，而像是采自天堂里某一颗耀眼的星辰。这就使词语的身份变得高贵起来。这就给这个小小的词语，戴上了神秘的面具，披上了神秘的外衣，让人去猜测、去琢磨、去探究。在这里说它神秘，究竟神秘到什么程度呢？它首先使小诗发生了变化，一是使小诗大了起来，二是使小诗亮了起来。不仅这样，它竟还使小诗，变成了一朵火焰。在这个落雪的日子，这朵小小的火焰，竟然温暖了一屋子人。小诗的梦幻性，常常会拉上神秘性作伴儿。有了神秘性作伴，就会大大增强诗的思考空间，引起读者更多的联想和想象，从而使小诗常读常新，回味无穷。

（三）多义性

我们来看吉葡乐的《挑刺小孩》：

挑刺小孩有一个门诊，
给熊的手指挑过木刺，
给小鸟的脚丫挑过花刺。

有一天，
来了一位翠绿的患者，
名字叫仙人掌。
"请给我挑刺。"

挑了一上午，
挑刺小孩的银针都给弄弯了，
看着无刺的仙人掌，

挑刺小孩感觉自己做了错事。

仙人掌却张开胳膊说：

"抱抱。"

这首小诗写什么？它写一个挑刺的小孩，开了一个挑刺的门诊，专门给森林里的动物、植物挑刺。他曾给熊的手掌挑过木刺，还给一只小鸟的脚丫挑过花刺，给大家做了不少好事。可是有一天，来了一个翠绿的患者，名字叫仙人掌。仙人掌大家都见过，形状像一个巴掌，还有一个特点，就是浑身长满了刺。就是这样一个仙人掌，竟让挑刺小孩给他挑刺。小孩挑呀挑呀，挑了整整一个上午，总算把仙人掌的刺给挑干净了！挑刺小孩累得气喘吁吁，他挑刺用的那根银针呀，都给弄弯了。看着浑身没有一根刺的仙人掌，挑刺小孩隐隐觉得，是不是做错了什么事情。正在这时，光秃秃的仙人掌，却张开了胳膊，对挑刺小孩说了一声："抱抱。"

小诗为我们虚拟了一个诙谐幽默的梦幻世界，令我们在这个世界里陶醉和流连。至于挑刺小孩为仙人掌挑刺，究竟是对还是错，一直存在很大的争议。有人说："挑刺小孩做了好事，仙人掌没了刺，有利于结交更多的朋友。"可是，也有人说："刺是仙人掌的防护武器。仙人掌失去了刺，就等于缴械投降。挑刺小孩做了不该做的事。"说对和说错各有各的理。这就是梦幻性带来的多义性，它引领我们从多角度思考问题。

（四）通感手法的应用

我们来看我国台湾诗人洛夫的《水与火》：

写了四行关于水的诗

我一口气喝掉三行

另外一行

在你的体内结成了冰柱

写了五行关于火的诗

两行烧茶

两行留到冬天取暖

剩下的一行

送给你在停电的晚上读我

　　这首诗的题目是"水与火"，仔细读了，发现并不是写水与火，而是关于水与火的诗。第一小节，诗人写了四行诗。四行什么诗呢？四行关于水的诗。这四行诗发生了魔幻一般的变化。有三行被"我"喝掉了，剩下的一行竟在"你"的体内结成一根冰柱。关于水的诗行可以喝，还可以在体内结成冰柱，这自然是诗的梦幻性。

　　后面一小节，是诗人写的关于火的诗。诗人一共写了五行，两行用来烧茶，两行留到冬天取暖。剩下的一行呢？留在停电的晚上照明，好让"你"借着明亮的火光，反反复复地读"我"。

　　诗的梦幻性，往往运用通感手法来表达。那么，何为通感手法呢？就是将诗人的五官五觉相互沟通交错，用以表达诗人的直觉、错觉、幻觉产生的微妙感觉。在这里，我要说诗的梦幻性，实际上就是诗的超现实性。诗行能喝吗？能在体内结成冰柱吗？能用来烧茶吗？能用来取暖和照明吗？显然不能！既然不能，诗人又为什么这样写呢？这就是梦幻手法的神秘之处。它能把一种不可能变成可能。诗的梦幻性，给诗歌创作开辟了新的路径，带来了勃勃生机，必将推动中国现代诗歌创作的发展和繁荣。

筷　子

吴思晓（9岁）

筷子

是一个美食家

酸、甜、苦、辣、咸

样样尝个遍

可身体

从不发胖

它们个个

都苗条

筷子

是一个胆小鬼

每次出行

都要有个

伴儿

点评： 筷子我们每天都在用，可若给大家出个题目，就筷子写一首小诗，而且还要写出新意，大家一定会觉得不那么容易。为什么会这样？因为筷子司空见惯，司空见惯的事物，也就不大容易产生灵感。小诗人却从司空见惯的事物上，有了自己的发现。一双普普通通的筷子，在小诗人的眼里不再是筷子，而是一对喜欢美食的双胞胎。这一变形想象，立即给人眼前一亮的感觉。这对双胞胎，不仅喜欢美食，喜欢酸甜苦辣咸，还是胆小鬼，每次出行总要一起出动，互相作伴儿。小诗人抓住了筷子的特征，采用拟人的手法，写得活灵活现、准确到位，语言表达也极简，真不愧是一首令人难忘的好诗。

白云和羊的故事

崔晓开（12岁）

羊圈里

一团团白云

仰望着天空

心想

要是我也能在天上飞就好了

——可它们不知道

天空中

——一群群羊状的白云也在想

我什么时候能在地上吃草啊

点评：羊圈里的羊像云朵吗？像。天上的云朵像一只只羊吗？
像。羊圈里的"云朵"望着天空，向往在天上飞；而天上的羊状
的云朵，却梦想着到地上吃青草。小诗人构思奇妙，描写了地上
和天上两种不同的梦想，这种非凡的想象力，令人为之叹服。

三 路 车

齐姝洁（8岁）

三路车

我们等你很久了

你的弟弟二路车过去了

你没有来

你的姐姐五路车过去了

你还没有来

三路车

你再不来

我们就不理你了

点评： 小诗人在等三路车。坐车去哪里？去接妈妈吗？去接弟弟妹妹吗？小诗人没有回答。可从诗中看出，小诗人万分焦急，像有什么急事要办似的。弟弟二路车过去了，姐姐五路车也过去了，唯独三路车不肯来。三路车为什么没有来？小诗人没有回答，却说了一句"你再不来/我们就不理你了"，那情况像是小诗人和三路车在面对面对话，给人一种亲切感。小诗人用了拟人手法，借物言志，借物抒情，以简洁明快的语言酿出浓浓的诗味。

家被你们弄疼了

夏晓添（8岁）

不好了　吵架了

爸爸瞪着眼睛　讲个没完

妈妈拿起花盆　摔在地上

我勇敢地站到他们中间

大喊　不要吵了

家被你们弄疼了

点评：小诗写了什么？写爸爸妈妈在吵架。爸爸瞪着眼睛，讲个没完；妈妈拿起花盆，摔在地上。短短两句话，小诗人就把爸爸妈妈吵架的样子，贴切地描写了出来。如果仅描写爸爸妈妈吵架，显然诗味不足。小诗在下一节，写"我"勇敢地站到他们中间，让他们不要吵了！最后一句，乃出神入化之笔，不仅诗意尽出，也颇具诗的兴味。

照 镜 子

高渤恩（3 岁）

妈妈，

玻璃里有另一个恩恩，

我很喜欢他，

我亲他了。

玻璃里可以看得见自己，

看见另一个客厅，

很多东西有了另一个。

点评：什么东西都有神奇之处，镜子自然也有镜子的神奇。你们看，镜子可以复制另一个恩恩，让镜前的恩恩非常喜欢，以至去跟他亲吻。镜子不仅可以复制另一个恩恩，还可以复制另一个客厅，复制许多物体的另一个。小诗人把普通的镜子，讲得很神秘，很有趣味，让人入目入心，难以忘怀。其实，世界本身就是神秘莫测、多姿多彩的，呼唤孩子们去探索它的奥妙，揭示它的本质。小诗语言简洁、明快，给读者一种清新的画面感。

荡 秋 千

薛雨如（8 岁）

猫妈妈
对小猫说——
快来快来
荡秋千

小猫
对妈妈说——
别急别急
风娃娃
荡得好快乐

点评： 这是一首小童话诗。说它小，它小到只有猫妈妈和小猫两个角色，小到只有两三句对话。可我们能从这简短的对话中，发现小猫先人后己的高贵品质。短短的几句诗，却很美。它带给孩子的是比梦还要美的儿童乐趣，是无比纯净的关怀与爱。

露　珠

姜蕴轩（8岁）

我告诉你，

你要保密，

小蝴蝶有好几颗水晶，

它总是把水晶放在花朵里。

我告诉你，

你不要告诉别人，

要不然，

太阳公公白天就来偷了。

点评：小蝴蝶有好几颗水晶，自然心爱得不得了，把它们悄悄地藏在花朵里。为什么要藏在花朵里？为什么不许告诉别人，还要嘱咐别人保密呢？原来，太阳公公知道了，白天就会来偷。小诗写到几颗小小的水晶，我们读了会感到它们像露珠一样透明而清纯。这让人想起日本著名童诗诗人金子美铃的《露珠》，两者有异曲同工之妙。我们说：诗不在观，而在观感；诗不在听，而在听感；诗不在世界本来是什么样子，而在世界看起来是什么样子。小诗人对客观世界的体验，不仅把客观世界和主观世界沟通起来，而且在沟通的基础上产生了一种创造，产生了让人难以意料的诗之美。

我的笑容

印帅妍（8 岁）

我的笑容
我觉得
很可爱

我的笑容
妈妈觉得
很温暖

我的笑容
爸爸觉得
很顽皮

我的笑容
同学觉得
很开心

　　点评：对于"我的笑容"，大家分别有不同的感受。"我"感到可爱，妈妈感到温暖，爸爸感到顽皮，同学则感到开心。为什么仅仅一个"笑容"，不同的人有不同的感受呢？可见，对于外界相同的事物，由于阅历、经验等方面存在差异，人们会有很多不同的感受。大家写诗，只要写出自己内心的感受，就可以写出不一样的意蕴来！

晒 谷 子

陈黛儿（9 岁）

晒的谷子

像金色的沙滩

如果

你躺在谷子上

你会听到

海的歌声

点评： 沙滩是金色的，谷子是金色的，躺在谷子上，便有躺在沙滩上的感觉，也就会听到海的歌声。小诗很小，只有区区六行，却给人眼睛一亮、心灵一振的感觉。一个三年级的小同学，竟能娴熟地运用通感技巧，充分展现了写诗的不凡才华。

狗

方慧娟（8 岁）

我喜欢狗，
是我自己家的；
会撒娇、会防小偷。

我不喜欢狗，
是别人家的；
在它眼里，
我好像变成了小偷。

点评：这首小诗写的是两种狗，一种是自己家的狗，一种是别人家的狗。自己家的狗，是从"我"的视角写的；别人家的狗，是从狗的视角写的。视角的错位和变换，使这首小诗产生了奇趣。在写诗时，若常常苦于找不到新意，有时变换一下视角，新意便自然而生了。

蛋

胡安妮（7岁）

这皮球不圆嘛！

也可以滚吧。

啊！

破了！

哈哈！

太阳

流出来了。

点评： 我记得著名童诗诗人李少白写过一首童谣《鸡蛋》：鸡蛋白/鸡蛋黄/白云抱个/小太阳。诗人李少白把蛋清喻为白云，把蛋黄喻为小太阳，写出了童谣的意境，写出了诗意。小诗人这首诗，同李少白的童谣有着相似之处，两人都把蛋黄喻为小太阳，但又有不同。这首诗写鸡蛋在滚的过程中，蛋黄破了，写太阳流出来了，让人感到既鲜活又生动，极富儿童的意趣和诗趣。我想，这样的小诗，孩子们读了，一定会感到既有趣又好玩。

我的笑容

王惠（8岁）

春天，桃花是我的笑容，

夏天，荷花是我的笑容，

秋天，菊花是我的笑容，

冬天，梅花是我的笑容。

点评：一年有四个季节，每个季节都有不同的笑容。小诗人从四个季节中，分别选取了最典型的花作为自己的笑容，不仅使笑容具有了形态，还使笑容有了美丽的颜色，有了芬芳的香味。在这里，笑容和桃花、荷花、菊花、梅花看似没有联系，但通过春天、夏天、秋天、冬天四个季节，便把它们巧妙地联系在一起，这就产生了诗，产生了诗意。

提起写诗，大家往往不知从何处着手。寻找事物之间的神秘联系，不仅会从中发现诗，而且还常常能写出好诗来。

哭着哭着就笑了

林蔚然（8 岁）

我哭着哭着
就笑了。
因为我想到：
中午的饭菜
是香的；
傍晚的点心
是甜的；
天空的太阳
是明亮的；
夜晚的月光
是皎洁的。
每一个
不快乐的时刻，
都不应该是我的。

　　点评：一个小孩儿，正在哭着，可哭着哭着就笑了起来。这种奇特的表现，难免引起人们的兴趣。那么，小诗人为什么会转悲为喜呢？原来，小诗人不再只想伤心的事，而是开始想一连串高兴的事。香的饭菜、甜的点心、明亮的太阳、皎洁的月光，所有快乐的事情，都是属于"我"的，所有不快乐的事情，都不应该是"我"的。小诗人想中生乐，想中生趣，把小诗写得妙趣横生，让人读了忍不住笑起来。

奶奶家的丝瓜

王慧（12 岁）

顺着墙根

攀着廊檐

总在不经意的时候

爬满整个秋天

与丝瓜最亲的

莫过于奶奶的手

而丝瓜的纹络

也悄悄爬上了她的额头

点评： 小诗共八行。前四行写的是丝瓜，写丝瓜顺着墙根、攀着廊檐在爬行，在人们不大留意的时候，就爬满了整个秋天。后四行写奶奶，写奶奶与丝瓜的亲密接触，写丝瓜的纹络在人们不大留意的时候，爬上了奶奶的额头。前四句写的是大自然，后四句写人，写人与大自然的融合。最后一句，从丝瓜的纹络到奶奶额头的纹络，是小诗人的发现和创造，可谓妙趣天成，实乃绝妙之极。

怎么这么早就走了

王崇秋（9岁）

春天
你怎么这么早就走了
我还没有看够你开的花呢

夏天
你怎么这么早就走了
我还没开始学游泳呢

秋天
你怎么这么早就走了
我还没吃够你捂熟的水果呢

冬天
你怎么这么早就走了
我还没玩够你下的雪呢

岁月也不告别一声

我还想在妈妈的怀抱里玩耍呢
怎么就让我长大了

（辅导老师：谷萍）

点评： 从这首小诗可以看出，小诗人对世界上所有美好的事物，都十分留恋。这是因为小诗人还有许多事情没有做完。在春天，他还没有看够春天的花；在夏天，他还没有开始学游泳；在秋天，他还没有吃够秋天捂熟的水果；在冬天，他还没有玩够冬天的雪花。从春夏秋冬写到"我"的成长，写"我"还想在妈妈怀里玩耍，就让"我"长大了！小诗写出了自然界中万事万物的规律，都是发展变化的。它们总是不以人们的意志为转移，季节在更替，时光在流逝，唯一能做的就是抓住现在，做一切自己喜欢做而且应该做的事情。

第 5 讲

诗是
非逻辑的艺术

＊　从"无理而妙"谈起

我们说，小说、散文等文体需要遵循人们习以为常的生活逻辑和思维逻辑，违反了这一逻辑，人们就会说于理不通。而诗歌这种文体，同小说、散文不同，诗歌的本质是非逻辑的。也就是说，诗歌不遵从人们常见的生活逻辑和思维逻辑。俗话说"无理而妙"，这个"无理"是什么呢？这个"无理"就是诗的非逻辑性。说得更通俗一点，正是无理，才酿造了诗美。

我们来看美国诗人希尔弗斯坦的《冰冻的梦》：

我要把昨晚开心的梦

在冰箱里保存下来。

很远的将来，当我变成

一个老公公，须发全白，

我就取出冰冻的梦，

把它加热，把它化开，

然后用它来焐我冰冻的脚，

温暖将会从脚趾传入心怀。

梦是无形的，虚幻的。诗人所写的冰冻的梦是十分荒诞的。梦能冰冻吗？能加热化开吗？能用来焐脚吗？显然不能！这首诗，完全违反了人们习以为常的生活逻辑和思维逻辑，也可以说，它是非逻辑的。这么一个完全违反人类逻辑的作品，为什么能成立呢？为什么深受孩子们欢迎呢？原来，这首诗虽然无理，但却在无理中酿造了诗美。小诗看似信马由缰地联想和想象，实则在表现一个"温暖"的主题。小诗从"收"到"放"，从"冷"到"暖"，让人从中体验到一首诗带给人们的温度，这也正是"无理"带来的奇妙效果。

我们再来看看意大利著名诗人罗大里的《开满鲜花的头》：

如果头上不长头发，

种满鲜花该是怎样的景象？

一眼就可以看出，

谁心地善良，谁心情悲伤。

前额长着一束玫瑰花的人，

不会做坏事。

头上长着沉默的紫罗兰的人，

有点儿黑色幽默。

顶着一头凌乱的大荨麻的人呢？

一定思维混乱，

每天早晨徒劳地

浪费一瓶或两瓶头油。

　　头上不长头发，而长鲜花，这本身就是一种极其荒唐的想法，也正是这种荒唐，产生了奇趣。从头上的鲜花，可以识别一个人的性格。额上长着玫瑰花的人，不会做坏事；头顶长着紫罗兰的人，有点儿黑色幽默；头上顶着大荨麻的人呢，思维一定混乱。这样一写，就使这首小诗奇上加奇。由于诗人追求诗的奇异化，其结果必然使小诗呈现陌生化。诗的陌生化，是一个成熟的诗人所追求的一种效果。陌生化给人耳目一新的感觉，使读者眼睛为之一亮，心灵为之一振，这就是诗的创新。

　　我国古代有一位大诗人叫苏东坡，他曾提出一种"反常合道"的诗观。什么是"反常合道"呢？"反常"就是把现实扭曲。为什么要把好好的现实扭曲，扭曲的目的又是什么呢？扭曲的目的只有一个，那就是取得奇异化和陌生化的效果。古今中外所有的诗人，无一不追求这一效果。那么，苏东坡为什么又要提出"合道"呢？我们不是说，诗是不遵循人们常见逻辑的吗？是的，诗不遵从常见逻辑，但并不是诗没有逻辑。诗有自己的情感逻辑，也就是诗的逻辑。

＊ 诗有自己的逻辑——情感逻辑

一首好的诗，做到反常是很重要的。我们不妨来看墨西哥著名诗人帕斯的《隐约可见的生活》：

海上的黑夜
鱼群是闪电

林中的黑夜
鸟儿是闪电

躯体的黑夜
骨骼是闪电

呵，世界到处是黑夜
生活是闪电

诗人在这里，把海上的鱼群、林中的鸟儿、人体的骨骼、世间的生活，喻为闪电。这显然是对现实生活的一种扭曲，一种变形。这种扭曲变形的结果是什么呢？结果就是使诗奇异化、陌生化，从而产生一种奇绝的美。

我们再来看诗人王宜振写母亲的一首小诗《岁月磨小的母亲》：

岁月磨小的
是我的母亲

真的难以想象
母亲会变得越来越小
小到最后
竟变成一粒纽扣

它是那么的不起眼
站在我的衣服上
守护着我

我的眼睛亮时它就发暗
我的眼睛暗时它就发亮

诗人在这里，用了反常的手法。这一反常不要紧，竟把一位那么大的母亲，变成了小之又小的一粒纽扣。这种大胆的变形，令人咋舌和吃惊。大家知道，人老了确实会变小，至于小到一粒纽扣，就未免太夸张，甚至有点魔幻化了。可诗人为什么要把现实扭曲变形如此之大呢？原来，诗人要获得一种罕见的陌生化、奇异化的效果。我们知道，诗人对现实的扭曲变形越大，诗就越富有张力。为了达到这一目的，诗人的反常是不遵守生活逻辑的，而是寻觅诗的逻辑——情感逻辑。诗人的诗，只要符合情感逻辑就可以了。变成纽扣的母亲，仍然站在孩子的衣服上，守护着孩子，这说明母亲仍然是孩子的守护者。诗的最后两句，将这种情感进一步提升：当"我"的眼睛发亮时，母亲变的纽扣就暗下去，这说明母亲在成长为大人的孩子面前，已经退居幕后，成为一个小角色；可当"我"的眼睛发暗时，母亲变的纽扣又会亮起来，这说明在孩子迷茫时，母亲好像一盏小小的路灯，为孩子照亮前行的路。这首诗，虽不符合生活中的常见逻辑，但确实完全符合诗自身的逻辑——情感逻辑。这一逻辑使诗变得更美，情感也更真实。诗的这一特点，不仅使诗的语言新异化和陌生化，而且也大大拓展了诗歌的想象空间，增强了诗歌的跳跃性和张力；同时，也丰富了诗歌的内涵，从而使诗更容易抵达诗歌艺术的本质。

我们再来看奥地利诗人雅尼什的《仙人掌》：

仙人掌站在窗台上，

"我烦透了，在这里闲站着，

还被水浇！"

有一天它说

它会走到浴室，

刮好胡子，

离开这所房子。

它去了哪里，

起先没人知道。

但今天，今天

有一封来自大溪的信：

"我找到了能看见大海的明亮窗台！

美丽的地方，舒适的气候！

认识了可爱的女子，结婚啦！

附言：我又留胡须了。"

还有一张照片：

它和它的太太。

"或许"，爸爸说，

"我们应该去看望它一次。"

　　这首诗，写了一个仙人掌的故事。仙人掌在一个家庭里生活，感到厌烦，又不喜欢被水浇，于是到浴室刮了胡子，便离家出走了。出走到了什么地方，谁也不知道。过了一段时间，这个家庭的主人收到一封来信，是仙人掌写来的，说它找到了面向大海的明亮窗台，认识了一个可爱的女子结了婚，而且又开始留胡子了，还寄来一张和太太的合照。爸爸看了信，只说了一句话：或许，我们应该去看望它一次。这个故事，无疑是虚构的，是一篇童话。仙人掌会自己行走，会刮胡子，会选择更适合自己的地方，会结婚，会和太太照合照，这一切在现实生活中都不可能发生。也就是说，它不符合生活中的常见逻辑。那么，人们为什么又都相信这个故事是真实发生的呢？原来，故事是由浓浓的情感维系的，情感是真实的，这就是所谓"明知是假，信以为真"。情感真实是一种艺术真实，它来源于生活的折射，也恰恰是诗的本质。

143

诗人王宜振曾写过一首小诗，叫《水中藏品》：

三十年了
小河
你是否还藏着
小妹汲水的那张脸？

投一粒石子
问问
小河以水波作答

拨开水波
我看到一张脸
还像当年一样嫩
一样白

小河深知
我喜欢水中藏品
这么多年
一直替我在波心藏着

我惊呼
这张脸

　　像出水的月牙儿

　　一样新鲜

　　三十年了，诗人回到了家乡。诗人在寻找什么呢？诗人在寻找三十年前小妹在小河边汲水的那张脸。诗人问小河"是否还藏着/小妹汲水的那张脸"，小河以水波作答。拨开水波，诗人看到了什么呢？诗人看到了三十年前小妹汲水的那张脸，还和当年一样嫩、一样白。原来，小河是诗人童年的知己，他深知诗人喜欢水中藏品，这么多年一直在波心细心地为他保存着这份美好的记忆。

　　在这首小诗里，诗人用了反常的手法。由于反常手法的应用，小诗便产生了梦幻性和非逻辑性。小河还保存着小妹三十年前在河边汲水时的影像，这是违反生活逻辑的，也是现实生活中绝对不可能发生的。但作为诗这种文体，它是非逻辑性的艺术，并不要求一定要符合生活中的习见逻辑，它只遵从自己的情感逻辑。诗人为什么三十年后回到故乡，还要执意寻找当年小妹汲水的那张脸呢？或许是来自童年的那份情感，或许他们童年玩过"过家家"游戏，有着一段深刻的难忘的记忆。正是这种情感逻辑，产生了诗美，产生了诗的内涵，也给读者开拓了丰富的想象空间。唐代诗人崔护有《题都城南庄》："去年今日此门中，人面桃花相映红。人面不知何处去，桃花依旧笑春风。"不少诗人认为这首《水中藏品》是《题都城南庄》的现代版，称两者有异曲同工之妙。

　　我们再来看著名诗人臧克家的《有的人——纪念鲁迅有感》：

　　有的人活着，

　　他已经死了；

有的人死了，

他还活着。

有的人

骑在人民头上："啊，我多伟大！"

有的人

俯下身子给人民当牛马。

有的人

把名字刻入石头想"不朽"；

有的人

情愿做野草，等着地下的火烧。

有的人

他活着别人就不能活；

有的人

他活着为了多数人更好地活。

骑在人民头上的，

人民把他摔垮；

给人民做牛马的，

人民永远记住他！

把名字刻入石头的，

名字比尸首烂得更早；

只要春风吹到的地方，

到处都是青青的野草。

他活着别人就不能活的人，

他的下场可以看到；

他活着为了多数人更好地活着的人，

群众把他抬得很高，很高。

　　这首诗，是臧克家的一首名诗，也是当代诗歌的一首名诗，长期入选中小学语文课本。在全国教材统编后，又入选统编教材小学六年级语文课本。它是诗人在鲁迅逝世十三周年之际，为了纪念鲁迅而写的。诗的一开头，就这样写：有的人活着，他已经死了；有的人死了，他还活着。活着的人死了，死了的人却还活着，这不是违反科学吗？这不是违反生活逻辑吗？诗人在这里运用了文学想象。文学的想象和科学的想象不同，渗透着诗人的情感。活着的人死了，死了的人还活着，不是从科学上讲的，而是从感情上讲的。那些为人民利益而奋斗的人死了，虽死犹生，永远活在人民的心里；相反，那些与人民为敌，骑在人民头上作威作福的坏蛋，即使活着，在人民的心里却已经死了。那些把自己的名字刻入石头想"不朽"的人，其名字会比尸首烂得更早。诗不遵从生活中的习见逻辑，却遵从自己的情感逻辑，是诗区别于其他文体的重要特点。诗人从习见逻辑中走出，进入诗的逻辑，不仅使诗变得更美，也使诗变得更真。

　　诗的主观性具有梦幻性和非逻辑性两只翅膀，这两只翅膀缺一不可。有了它们，诗就可以飞起来。

小 雨 点

黄溪哲（8 岁）

成千上万的小雨点，

从天上落下来，

落到绿绿的草地上，

小草变成了他们的蹦蹦床；

落到透明的车窗上，

车窗变成了他们的滑滑梯；

落到清澈的小河里，

河水变成了他们美妙的乐器；

叮叮咚，

哗啦啦，

沙沙沙，

小雨点呀，

真顽皮。

他们把世界当成游乐场，

开心得不愿回家了！

点评： 读了这首小诗，我会问大家：小雨点像什么？大家一定会回答：小娃娃。那么，小娃娃又爱什么？大家一定会说：爱玩。对了，小诗人正是抓住这个特点来写的。你看，顽皮的小雨点儿，他把草地变成了蹦蹦床，把车窗变成了滑滑梯，把小河变成了美妙的乐器，把整个世界变成了自己的游乐场，越玩越有兴致，以至于不愿回家。这首小诗，把雨点的特点和孩子好玩的特点，巧妙地结合在一起，写得形象、生动、有趣，充满了动感和乐感，给人一种美的享受。

诗

吴书影（6岁）

妹妹问我，

诗是什么？

我告诉她，

诗就是你脑子里想的东西。

妹妹笑了，

哦，原来

诗就是

巧克力！

点评： 诗是什么？对年幼的妹妹来说，也许很神秘。可是，当"我"告诉妹妹"诗就是你脑子里想的东西"时，妹妹便恍然大悟：哦，原来诗就是巧克力！这看似简单的一问一答，却在其中产生了诗，产生了诗趣。小读者读了，会因妹妹天真幼稚的回答而感到好笑，但这好笑让我们品出了诗味。

小 镜 子

邵方晴（7岁）

春天的小雨
落在地上
长成一个个的小水洼

小猫跑来了
照照它的小花脸
小狗跑来了
看看它的小尾巴
小树苗看见了
数数它的新叶子

天晴了
太阳公公出来了
把小镜子收走啦

点评：下雨后，大地上会留下无数个小小的水洼。这些小水洼，也许大人并不会关心，但是小猫、小狗、小树苗却关注了，并把它们当作一面面小镜子，分别去照自己的小花脸、小尾巴和新叶子。正当这些动植物在小镜子面前兴高采烈的时候，太阳公公却把小镜子收走了。小朋友，你们喜欢这首充满奇妙色彩的童话诗吗？

装　点

兰芸（12 岁）

月亮每天都画着不同的妆：
有时会像弯弯的小船，
载着星星在夜空划船；
有时又像圆圆的月饼，
大大的脸上爬满思念。

星星在月亮身边，
眨着亮闪闪的眼。
一天天，一年年，
热热闹闹把夜空装点。

点评：写月亮，怎么写？小诗人只选择了月亮化妆，就把月亮写活了，把夜空写热闹了。可见要写好一首诗，选择一个恰到好处的角度是很重要的。

演　讲

衣姿洁（11岁）

小草从地里冒出来，
开始演讲。

小花舒展开美丽的笑容，
开始演讲。

风儿不会演讲，
只好吹动满树的绿叶哗哗响，
为小草和小花热烈地鼓掌。

点评： 小草开始演讲了，小花开始演讲了，风呢？风不会演讲，于是就吹动满树的小树叶，为它们的演讲热烈鼓掌。小诗只有七行，却构成了一段优美的小童话，给人以美的感受和陶冶。

筷　子

李飞鹏（7岁）

爸爸每天去打渔

爸爸的手

是我们家的筷子

伸到海里去

把鱼虾夹上来

　　点评：爸爸是个渔民，每天去打渔。小诗人并没有写爸爸怎样去捕鱼，只写了爸爸的一双手。在这里，小诗人用了一个象形想象，把手想象成筷子，筷子伸到海里去，就能把鱼虾夹上来。这一想象，既与原形象有相近、相似之处，又十分恰当贴切。读之，使人眼睛一亮，给人一种别开生面的感觉。

星星发光比赛

张素敏（9岁）

夜晚的时候

天上的星星

一闪一闪

好像在进行

一场发光比赛

月亮就是奖牌

亮灿灿的

星星们为了得到它

努力地发光

让夜空变得星光灿烂

点评： 小朋友，你们数过吗，天空有多少星星？也许你们会回答：天上星星太多了，谁也数不清。这么多小星星，一闪一闪的，它们究竟在做什么呢？小诗人想象它们在进行发光比赛。奖牌是亮灿灿的月亮！哈哈，这么漂亮的奖牌，谁不想得到呢？大家看，它们都在卖力地发光，把夜空变得星光灿烂。原来，大家都想得到这块奖牌呢！读到这里，谁不佩服小诗人的想象力呢！

梦

曾昭钦（8 岁）

梦的一半
挂在天边
成为月亮

梦的碎末
撒在天空
成为星星

点评： 月亮是怎么产生的？星星又是怎么产生的？不少小朋友会这样发问。小诗人告诉我们：梦的一半，挂在天边，成为月亮；梦的碎末，撒在天空，成为星星。这个想象不仅奇，而且妙，让人读了拍案叫绝！一首好的诗往往在不经意间信手而为，这首小诗就如此。谁不为小诗人绝妙的想象力而感动呢！

黑板擦

史穆清（10岁）

黑板擦轻轻一擦，

就擦掉了，

黑板上汉字的一笔一画。

我多想变成一个黑板擦，

轻轻一下，

就抹去岁月在妈妈脸上，

刻下的一笔一画。

（辅导老师：曹梦云）

点评： 既然黑板擦可以擦去黑板上的一笔一画，那么，我们何不变成一个黑板擦呢？小诗人写自己想变成黑板擦，擦去岁月在妈妈额头上留下的一笔一画。由黑板上的一笔一画，进而联想到妈妈额头上的一笔一画，这个联想特别鲜活、生动、贴切、自然。许多好的诗，都是由联想产生的。这一妙法，小朋友们是否也想来尝试一下呢！

目　光

姜二嫚（8岁）

我给在老家的奶奶

打电话说——

我现在正看月亮

你也看月亮

这样——

我们的目光

就会在月亮上

相遇了

点评： 一个人和另一个人的目光，如果在地面空间相遇，这一点儿也不足为奇。可让一个人的目光和另一个人的目光，在月亮上相遇，这就十分神奇了！小诗人大胆想象，想象自己看月亮时，让老家的奶奶也看月亮，这样一来，她们两个人的目光就可以在月亮上相遇了！这种天马行空般的想象，带给人的是一种心灵的陶冶和愉悦。

路灯与书本

佘尚达（10岁）

夜晚的路上，
路灯指引着光明。

学习的路上，
书本是指引光明的
路灯。

点评： 小诗只有短短的几行，却蕴含着深刻的生活哲理。诗的前两句是在写景，写路灯在指引光明；后两句用了一个变形想象，写书本是路灯。书本和路灯外形没有相似之处，但它们的作用是相通的。这一变形想象的运用，使小诗内涵变得丰富，更富感染力。

星星·月亮·大海·天空

陈昊生（12 岁）

天上的星星眨眼睛

它突然发现

海里的星星也在眨眼睛

它生气地说：

"不许学我！"

海里的星星不理它

它就请月亮来评理

谁知月亮也正在生气：

"海里有个家伙也学我！"

天空听罢笑了笑：

"那只是咱们的倒影。"

点评： 看到天上的星星和月亮，再看到水里的星星和月亮，你会想些什么呢？小诗人想到：那是水里的星星和月亮，在模仿天上的星星和月亮，而且星星和月亮不知道那仅仅是它们的倒影。小诗人看到这一自然现象，顿时生发出一个故事来，诙谐幽默且妙趣横生，真是一首难得的小诗！

春　天

杜睿航（9岁）

春天

我用瓶子装满阳光

冬天再倒出来

肯定会有

鸟语花香

点评： 春天的阳光里有什么？有鸟语花香呀！小诗人想象把春天的阳光装进瓶子里，到冬天再倒出来，那么，鸟语花香自然也会倒出来，使寒冷的冬天有了春天的气息。小诗虽然只有几行，却想象奇特。如果没有对春天细微的观察和独特的感受，是很难写出这首小诗的。所以，观察和感受生活是写好童诗的重要一课。

会飞的爱

李奕念（9岁）

霜降了，
大地妈妈一下子苍老了好多。

树叶宝宝看了很心疼，
大家一起结伴从树上飞下来，
变成厚厚的毯子，
给大地妈妈盖上。

（辅导老师：董福寿）

点评：下霜了，大地变白了，树叶变黄了，一片一片地落下来。这普普通通的自然现象，在小诗人眼里，却变得不再普通。小诗人通过相关联想，生发出一个爱的故事：下霜了，大地妈妈变得苍老了，她感到十分冷；树叶宝宝看见了，很心疼大地妈妈，他们结伴飞下去，变成一条厚厚的毯子，盖在大地妈妈身上。瞧，联想和想象，是小诗的翅膀，一旦获得，小诗便会飞起来。

夕　阳

王舒（8岁）

太阳

像一只金色的大鸟

向西面飞去

因为心急

抖落掉万千羽毛

在天边洒下

五彩的光芒

（辅导老师：刘宗军）

点评： 这首小诗写了什么？大家一定会说：太阳。太阳不是诗。小诗人要把太阳变成诗，怎么办？那就让太阳走进自己的内心世界，经过内心世界的加工和酿造，太阳就变了，变得似而不似，不似而似。变成了什么呢？变成了一只大鸟。这只大鸟向西边飞去，因为心急，还抖落了万千羽毛，给天边铺下了彩色的光芒。小诗人就这么一变，就变出了诗。原来，诗这么有趣呀！小朋友，你能不能把别的事物也变出一首诗来呢！

第 6 讲

诗是
意象的艺术

＊　什么是意象

抒情诗除了具有主观性以外，还有另外一个特征，就是具有意象性。在我们接触诗歌理论以后，会发现其中出现最多的一个词语，就是意象。可是，什么是意象，为什么在写诗的时候，常常要用到意象？这恐怕不是每个同学都能回答的。下面，我想给同学们谈谈意象的问题。

一个诗人要写诗，第一步就是将外部的现实世界（也可以叫作物理世界），化为心理世界（也可以叫作主观情思）。这还不够，这样还不能写出一首诗来。诗人要进行的第二步，是将主观情思化为意象。那么，什么是意象呢？我们说，意象是"意"和"象"的组合。自然界里，一切看得见的物体，如山、水、草、木、房屋、道路等，都可以称之为"象"。光有"象"还不行，还得给"象"吹进去"意"。有了"意"才能叫意象。刘熙载在《艺概》中说："山之精神写不出，以烟霞写之；春之精神写不出，以草木写之。"大家注意这里的"烟霞"和"草木"，虽然与大自然的"烟霞"和"草木"有关，但又不完全相同。它们进入诗人的内心后，

169

经过诗人心灵的加工和照耀，也可以叫酿造，已经变得似而不似，不似而似。在此，这个"烟霞"和"草木"便可以称为"意象"了。所以说，意象不仅是对外在现实的一种反映，更是一种突破和创造。

下面，我们来看元代马致远的《天净沙·秋思》：

枯藤老树昏鸦，

小桥流水人家，

古道西风瘦马。

夕阳西下，

断肠人在天涯。

大家看，枯藤、老树、昏鸦、小桥、流水、人家、古道、西风、瘦马等，这些都可以称为"象"。这么多"象"的组合，如果诗人不加入自己的"意"，就只能是一堆"象"的堆积。而有了"夕阳西下，断肠人在天涯"这两句，诗人就将自己的"意"吹进去了。前面所有的"象"都变了，它们不再是"象"，而变成了意象。一个诗人，不会对一群"象"感到满足，他总会吹进自己的"意"，把它们变成意象。

"意"和"象"构成的意象，两者谁是主导呢？自然是"意"为主导了！"象"是看得见的，"意"是看不见的，"意"在"象"中，"意"为"象"主。枯藤、老树、昏鸦等一系列意象，都是以"断肠人在天涯"这一情绪为主导的。中国诗人写景很少只为写景而写景，往往在写景中融入自己的"情"。王国维说"一切景语皆情语"，一语道出了情景不可分和情景交融的道理。

＊　实象和虚象

意象又可分为两种：一种是描述性意象，又称为实象；一种
是虚拟性意象，又称为虚象。我们来看李白的《月下独酌》：

花间一壶酒，

独酌无相亲。

举杯邀明月，

对影成三人。

题目是"月下独酌"，也就是月亮下一个人独自喝酒。怎么突
然间变成了三个人，这是怎么回事呢？原来这个喝酒的人，把天
上的月亮也当成了"朋友"，邀它下来一同饮酒，再加上他自己的
"影子"，这样，就有三个人一同饮酒了。把月亮和影子都当成"朋
友"，这是一种想象，而且是一种文学的想象。三个意象中，有一
个实象、两个虚象。独自饮酒的这个人是实象，天上的月亮和他
的影子为虚象。

我们再来看我国香港诗人蓝海文的《三个月亮》：

我有三个月亮

一个在空中

一个在水里

一个在枕上

一个缺

一个圆

一个方

缺在天涯

圆在故乡

方从梦中醒来

安抚我的创伤

　　诗中，写了三个月亮。在天上的那个月亮，是现实中真实的月亮。这一意象自然是描述性意象，我们又把它叫作实象。水中的月亮和枕边的月亮都是虚拟的月亮，是现实中不存在的月亮，是一种虚拟的意象，称之为虚象。接着，诗人对三个月亮的形状进行了描写，即一个缺、一个圆、一个方，并且缺的月亮在天涯，圆的月亮在故乡，方的月亮从梦中醒来，安抚"我"的创伤。当诗人沉溺于异乡的缺和故乡的圆的时候，恍惚好似一场梦，从梦中醒来发现自己客居异乡，枕边还仿佛留有月的残香。再仔细一看，枕头也仿佛变成一轮方月，正从梦中向"我"走来。来做什么呢？原来，是来安抚一个游子心灵的创伤。这首诗，巧妙地将两种意象交融，使诗有虚有实，虚实相间，从而表现了诗人复杂的内心活动和难以名状的思乡之情。

　　我们来看王宜振的一首诗《大太阳的小房子》：

太阳很大

房子却很小很小

谁要是不信

请往露珠里瞧瞧

一个又红又大的太阳

躲在小小的露珠里微笑

也许太阳会变魔法

在天上很大很大

走进小小的家

就变得很小很小

小诗写了两个太阳，一个是天上的太阳，一个是露珠里的太阳。天上的太阳很大，它是现实生活中存在的，是看得见的，感受得到的。那么，露珠里的太阳呢？露珠里的太阳很小很小，它是虚幻的，是现实中不存在的。在这里，那个天上的大太阳自然是实象，露珠中的小太阳就成了虚象。这首诗实象和虚象巧妙搭配，构成诗的奇趣，带给读者的是一种新鲜而有趣的审美愉悦。

＊　主观情思只有转化为意象才能构成诗的艺术

　　大家可能会问：写诗为什么要把主观情思转化为意象呢？主观情思直接宣泄行不行？我的回答：不行！因为诗最大的一忌，就是直接说出情思的名称。我要说：抽象的情思只有转化为意象，才能构成诗的艺术。

　　我们来看著名诗人鲁藜的《泥土》：

　　　　老是把自己当作珍珠

　　　　就时时有怕被埋没的痛苦

　　　　把自己当作泥土吧

　　　　让众人把你踩成一条道路

　　小诗选用"珍珠"和"泥土"两个极平常的意象，加以对比，表现出两种不同的人生观，表达出诗人对理想、对人生的思索和追求。诗人为什么不选择别的意象，却偏偏选择"珍珠"和"泥土"两个意象呢？大家都知道珍珠，它在生活中十分珍贵。把自己喻为珍珠，难免会小心翼翼，唯恐自己被丢掉和埋没。这种心情，自然是十分痛苦的。小诗的前两句，道出了成为珍珠的苦衷；后两句，小诗来了一个大转折，既然成为珍珠有那么多痛苦，倒不如把自己变为世界上极普通的泥土，泥土可以给人们铺筑道路，

174

当人们在泥土铺筑的路上走来走去时,泥土便实现了它的自身价值。

诗人把主观情思转化为意象,意象的选择十分重要。诗人在这里选择"珍珠"和"泥土"两个意象,其目的在于使两个意象形成鲜明的对比,从对比中发现生活中的深层哲理。诗人的高明之处不仅仅在此,还在于把这种个人经验提升为普遍真理。这自然是一种大手笔,不是普通人所能做到的。《泥土》这首诗,我们读了会从中得到启迪。诗人要写出好诗来,必须将自己的主观情思,转化为经过选择的意象,才能成为诗的艺术。

我们再来看一首我国台湾诗人杨牧的《故乡》:

没有离开故乡的时候,
故乡是一幅铺在地上的画。
我在画中走来走去,
只看到天边遥远的云霞。

远远地离开故乡的时候,
故乡,是一幅挂起来的画。
一抬头,便能看见,
每当月下,透过一层薄薄的纱。

在这首诗中,诗人杨牧把自己的主观情思,化为诗中两个主要意象,即"故乡"和"画"。这一步十分重要,是这首诗之所以成为诗的关键。那么,这一转化又是如何产生的呢?诗人完成这一转化,要经过两个重要的步骤,其一是由外在现实的审美观照产生审美对象，其二是由审美对象产生意象（又可以称之为心象）。自此，诗人笔下的故乡就变了，变得似而不似，不似而似。诗人在没有离开故乡的时候，故乡这幅画是铺在地上的，诗人可以在画中走来走去；当诗人离开故乡的时候，故乡这幅画是挂起来的，虽然一抬头可以看见，却在月下隔着一层薄薄的纱。诗的艺术，是抽象的情思与具体的意象的统一。这也是诗这种文体，区别于其他文体的主要标志。

主观情思如果不用意象去表达，用语言表达行不行呢？我要告诉大家，用语言表达是很难的。古人有"书不尽言，言不尽意"之说，而诗又是心之精微，要把主观情思准确地表达出来，更是难上加难。怎么办？古人想出了最好的替代方式，那便是化"意"为"象"。这样就以"不言出"来代替"言不出"和"言不尽"，把大量的空间留给读者，让读者去想象、去填充、去思考、去揣测。这就叫"立象以尽意"，也只有立象，才能传达诗人的主观情思，并把主观情思准确地表达出来。

我们再来看著名诗人艾青的《我爱这土地》：

假如我是一只鸟，

我也应该用嘶哑的喉咙歌唱：

这被暴风雨所打击着的土地，

这永远汹涌着我们的悲愤的河流，

这无止息地吹刮着的激怒的风，

和那来自林间的无比温柔的黎明……

——然后我死了

连羽毛也腐烂在土地里面。

为什么我的眼里常含泪水？
因为我对这土地爱得深沉……

　　这首著名的抒情短诗，是诗人在 1938 年 8 月写下的。那时，日本入侵中国，烧、杀、抢、掠，无恶不作。在国土沦丧、民族危亡的关键时刻，诗人拿起了战斗的笔。诗人心中，凝聚着对强盗的无比痛恨和对祖国的无比热爱。可这一腔情思该如何表达呢？诗人深知，只有将这一腔情思化为意象，才能尽言，才能表达出来。

　　在这首诗里，诗人选择了四个意象。第一个是土地意象，即被暴风雨所打击着的土地，这是一个灾难意象，让我们产生出一种苦难感；第二个是河流意象，即永远汹涌着我们的悲愤的河流，这是一个悲愤意象，让我们产生了一种奋起感；第三个是风的意象，即无休止地吹刮着的激怒的风，这是一个反抗意象，让我们产生了一种战斗感；第四个是黎明意象，即来自林间的无比温柔的黎明，这是一个希望意象，让我们产生了一种光明感。这四个意象和它们的组合顺序，是艾青一腔情思的倾泻。诗人在民族生死存亡的关头，以自己的诗为武器，号召广大的爱国者，在灾难、痛苦中奋起抗争，争取一个光明的前程。小诗开头，以鸟儿作比喻。第一节最后两句，诗人借鸟儿死后，连羽毛也烂在土地里，表达了诗人的献身精神和对土地的深深眷恋。

　　小诗的第二节，只有两句："为什么我的眼里常含泪水？因为我对这土地爱得深沉……"这看起来十分朴素的诗句，却凝结着诗人对祖国的热爱和对土地的深情。此两句是诗人情感的喷发，也是诗人满腔热血的凝结。难怪这么多年来，此诗一直在广泛流传。尤其是这最后两句，已经成为脍炙人口、传诵久远的名句。意象的使用，使诗人在"象"中得"意"，在有限中找到无限，使小诗内涵深刻，意境深邃，让人们常读常新。

一个诗人，其重要的本领就是营造意象。营造意象的核心是"意"与"象"的融合。诗人给读者一个意象，就等于给读者一片云彩，让读者去领略整个天空；给读者一片绿叶，就等于给读者一棵树，让读者去领略整个森林。

一首诗，可以由多个意象组成。在多个意象中，往往有主导意象（又叫中心意象）。在主导意象之外，又有非主导的、附属的、衍生的意象。这些意象有疏有密，疏密相间，构成一个有机的整体，这就诞生了一首诗。

一盏亮着的小灯

高璨（9岁）

一盏亮着的小灯
是夜晚唯一醒着的人

是谁看着诗集
却匆匆睡去
小灯歪着头，读
那个人未读完的诗句

困倦在屋里慢慢弥散
过了一阵儿就像羽毛一样落下
沉沉睡去

几只小飞虫从窗缝挤进来
站在书页上
仰头看着小灯的光亮
（这是它们认为最幸福的事）

一盏亮着的小灯

是夜晚唯一醒着的人

这盏读诗的小灯

做着这个夜晚最美丽的梦

点评： 看着诗集的那个人，睡去了！小灯还没有睡，小灯还亮着，还在读那个睡去的人未读完的诗句。小灯不困吗？困倦在屋里弥漫，像羽毛一样，轻轻落下又沉沉睡去。有趣的是几只小飞虫也没有睡，从窗缝挤进屋里，站在书页上，仰头看小灯的光亮，也许它们认为这是最幸福的事。这盏小灯，是夜晚唯一醒着的人。这一变形想象，把人们带进一个美丽缥缈的梦境之中。全诗充溢着小诗人一连串的想象。诗歌创作是以诗歌形象之"实"，显示诗歌意境之"虚"。这首小诗虚实结合，恰到好处，意境发人深思并嚼之有味。

我 们 仨

陆奕萱（11岁）

妈妈是封面

爸爸是封底

我呀

就是躺在书中睡觉的文字

点评： 古时，不少人追求新奇。大家都知道贾岛推敲文字的故事，他为了寻找一个新奇而准确的字，费尽了心思。今人，也求新求异。大家常用的手法，便是"反常"了！为什么要反常？反常的目的就是出新。这首小诗，正是反常之作。大家看，他把一个家想象成一本书，真可谓奇之又奇。可是，只有奇还不够，中国诗歌自古有一条规矩，那便是"反常合道"。什么叫合道呢？合道就是合乎事物发展的逻辑。把一个家想象成一本书，不仅反常而且合道。这样，妈妈就成了封面，爸爸就成了封底，"我"呢，自然就成了睡在书里的文字。这样的想象，无一不合乎事物逻辑，真是奇思生奇趣呀！

时　间

叶果儿（11岁）

什么是时间？

谁知道？

人不是时间，

人的白发才是时间；

铁不是时间，

铁的锈斑才是时间；

笔不是时间

笔写下的字才是时间。

时间到底是什么？

谁知道？

点评：时间是一个十分抽象的概念，可以说，谁都没有见过时间。但是，大家都见过人的白发，见过铁生锈，见过笔写下的字迹。小诗人告诉我们：这就是时间。原来，我们看不见、摸不着的时间，就在我们身边，正是我们天天见、日日看的事物。小诗人真不简单，把抽象的时间化作具象的白发、铁锈和字迹。这种"无中生有"的笔法，使小朋友对时间的理解更清晰、更具体。

雨

刘奕喆（3 岁）

太阳，
是我的好伙伴；
一连几天，
都看不见它。

我问妈妈——
太阳去哪儿了？
妈妈说——
你来猜猜看。

我想——
他一定去姥姥家了！
他迷了路，
正哭着呢！

你们看——
地上掉满了，

他想家的

眼泪

点评：一连几天，太阳都不见了。太阳究竟去哪儿了？原来，他去了姥姥家。从姥姥家回来的时候，他迷了路，便哭了起来。你们看，这地上到处都是他掉的眼泪呢。小诗从头至尾，都是幼儿的心理活动，用的也是幼儿的浅语，这完全符合幼儿的认知特点。把天上的雨水，想象成太阳的眼泪，是一个奇绝的想象。小诗平易浅近、自然流畅、凝练含蓄、耐人寻味，具有丰富的表现力。

月亮的想念

张圆圆（9岁）

月亮的想念

有时弯弯

弯成嘴角的微笑

把最美丽的回忆

装在笑容里

月亮的想念

有时圆圆

圆成金色的大眼睛

把最想说的话

写在目光里

点评： 想念是什么？这是看不见、摸不着的。可是，小诗人写月亮的想念，却有了形状，有了情感。月亮的想念是什么形状？有时弯弯，有时圆圆，把回忆装在笑容里，把想说的话写在目光里。"想念"这个抽象的事物，被小诗人形象化、具象化了，有了一种立体感，变得会笑会说，有情感了。中国有个民间故事叫《神笔马良》，小诗人这支笔，比起马良的那支笔，其魔力一点也不差呀！

拍　照

袁子雯（7 岁）

梅花笑了，

好香呀！

我来给她们拍个照。

相片里只有

一张张笑脸。

唉，香香的味道，

却被拍丢了。

点评： 梅花在冬天才开，它的美丽、它的香味、它的傲骨，都是人们所称赞的。人常说"岁寒三友"，通常把梅花同青松、竹子并列，可见梅花在人们心目中的地位。给梅花拍个照，把梅花的美丽留下来，把梅花的品质留下来。照拍完了，细心的小诗人却发现拍丢了些什么。拍丢了什么呢？原来，梅花的香味拍丢了，多遗憾呀！最后两句，小诗人点石成金，真是千金难买的好诗句呀！

我的睡眠跑丢了

李沐阳（10岁）

我的睡眠跑丢了

它坐在鸟儿的翅膀上

在深蓝的夜空

快乐地飞翔

怎么呼唤

它也不回来

我猜它

一定想去

星星的游乐场

它玩累了

会被捡到

别人的梦里

在那儿呼呼大睡

不想也不再找回家的路

点评： 小诗人什么丢了？睡眠丢了！睡眠现在在哪儿？它坐在一只鸟的翅膀上，在蓝蓝的夜空，快乐地飞翔。它想去哪儿？一定想去星星的游乐场。它在那儿玩累了，就会被人捡到梦里去，在别人的梦里呼呼大睡，不想也不再找回家的路。睡眠这个抽象的事，被小诗人三写两写，写成了一段小童话，好奇妙好温馨好可爱的小童话呀！

月亮的种子

薛雯涵（11 岁）

月亮

一直非常孤单

她向太阳

要了一颗颗种子

种出了

一朵朵的

小星星

点评： 月亮，孤零零地挂在天边，没有人陪伴她。她感到很孤独，怎么办？于是，她向太阳要了一颗颗种子，在天空这块广袤的土地上，种出了一朵又一朵小星星。满天的小星星，就像是满天的小伙伴儿，大家一起来陪伴月亮，她再也不感到孤独了！她那瘦瘦的小脸蛋儿，也变成圆圆的了！我想，读过这首诗的小朋友，他们的想象力也由瘦变圆了！

蓝　天

叶如瑄（7 岁）

鸟儿说
最蓝的天在高高的云里

鱼儿说
最蓝的天在清清的水里

花儿说
最蓝的天在闪闪的露珠里

我说
最蓝的天在我黑黑的眼睛里

点评： 最蓝的天在哪里？鸟儿、鱼儿、花儿和"我"，对这个问题有着不同的见解和答案。世界上的许多事物，往往仁者见仁，智者见智，站在不同的角度看问题，就会有不同的答案。小诗从一些司空见惯的现象中，发现了生活的哲理，带给小读者的是深入的思考和启迪。

鱼

胡苍剑（7岁）

摆动的鱼
像飘落的树叶
飘落的树叶
像摆动的鱼
鱼是水里的树叶
树叶是岸上的鱼

点评： 小诗人通过观察，发现鱼和树叶有某些相似之处。于是，小诗人根据它们的相似点展开了联想，从而得出结论：鱼是水里的树叶，树叶是岸上的鱼。这样小小的年龄，就发现了事物之间的辩证关系，真是一个小哲人呀！

画　展

陈芊润（9 岁）

天空有两块画布

一块白布

一块黑布

它在白布上画了

蓝天、白云和暖暖的太阳

在黑布上画了

皎洁的月亮和许许多多的星星

然后

一会儿挂出白布展览

一会儿挂出黑布展览

点评： 天空是什么？天空是两块画布，一块是白布，一块是黑布。这首诗中，小诗人用了相似联想手法。白布和黑布很像白天和夜晚，它们之间有相似点，所以，我们称之为相似联想。在相似联想的基础上，小诗人进一步想象在两块布上画画，白布上画上蓝天、白云和太阳，黑布上画上月亮和星星，再进一步想象把这两幅画挂出去展览，并不停地相互更换。小诗联想奇特又丰富，给人一种耳目一新的感觉。

春天的声音

张志栋（14岁）

融化的雪浇灌着土地

听——

土地中好像有什么动静

我俯下身子倾听

哦——

原来土地怀春了

大地之子小草

在她的肚子里伸懒腰

（辅导老师：石金彦）

点评：一个优秀的小诗人，要有第三只眼睛，这第三只眼睛就是心觉。请看，小诗人在冬春之交，就发现了"土地怀春"这一大自然现象，发现了大地之子小草，在大地肚子里伸懒腰。小诗人是怎么发现的呢？他注意观察和感受大自然的万千事物，不仅用眼睛去看，用耳朵去听，还用整个身心去拥抱，才在生活中发现美和创造美，写出了富有创造力的小诗。

风　景

禤亮萁（9岁）

我最爱看的
是妈妈的笑容
她幸福的样子
是我一生
看到最美的风景

（辅导老师：文胡新）

点评： 写诗，重要的是用词。用词，要用富有弹性的词。这首小诗中的"风景"，就是一个有弹性的词。这里的风景，有两重含义：一是指自然界的风景，一是指妈妈的笑容。把妈妈的笑容喻为最美的风景，是一个暗喻。这一比喻，本体和喻体之间差别较大，但差别越大，其比喻效果越是出人意料，越是新奇。一个新奇的比喻，成就了一首别致新颖的小诗。

小个子，大世界

马诗岚（10 岁）

我的个子小小的
但是，我能听见蚂蚁在说话

我的个子小小的
但是，我能看见树叶在跳舞

我的个子小小的
但是，我能摸到冰凉的露珠

我的个子小小的
但是，我能闻见泥土的清香

我的个子小小的
但是，我能想出奇妙的故事

我的个子小小的
但是，我的世界是大大的

点评：年龄小，个头儿自然也小。小小的个子，心中的世界是否也小呢？不是的。"我"心中的世界很大。你看，"我"能听见蚂蚁说话，能看见树叶跳舞，能摸到冰凉的露珠，能闻见泥土的芳香，能想出奇妙的故事。这样一个与世界相连、相通、相融的小个子，其内心世界是宽广的，也是大大的。小诗人用大和小进行对比联想，使小诗对比强烈，相映成趣。

等　待

果净如（10岁）

一粒小小的棉花种子，
蜷缩在大地的怀抱，
用心体会泥土的温度，
静静等待阳光等待雨露。
或许你会遗忘它的存在，
它却会用自己的方式，
演绎属于它的美丽。

（辅导老师：丁学英）

点评： 一粒不起眼的种子，也许很少有人去关注它。小诗人不但关注了，而且从种子身上发现了诗，发现种子会用自己的方式演绎属于它的美丽。世界上的大千事物，都在演绎着属于自己的故事，即使一粒小小的种子也不例外。小诗写出了个性与共性的关系，充满了生活哲思，带给我们的是对人生和世界的思索和回味。

第 7 讲

诗是
情感的艺术

✳ 诗的宗旨是表达情感

诗是表现什么的呢？诗是表现人的情感的。人的情感可以分为三个层次，核心是情感，情感之上是感觉，情感之下是智性。感觉是浅层次的情感，智性是深层次的情感，也可以把它叫作理性。

我们来看大诗人李白的一首《赠汪伦》：

> 李白乘舟将欲行，
>
> 忽闻岸上踏歌声。
>
> 桃花潭水深千尺，
>
> 不及汪伦送我情。

在这首诗中，诗人把桃花潭水的深浅，同与汪伦的情谊相比，变无形的友情为有形的桃花潭水，空灵而有余味，自然而又情真。我为什么要举这首人人都熟悉的诗为例呢？我是想告诉大家：诗是一种抒发诗人感情的文学样式。古今中外的诗，概莫能外。用一句通俗的话来说：诗所要表达的是诗人面对世界和事物时，内心产生的各种复杂的情绪和感受。中国古代有位大诗人，叫白居易。他曾说过："感人心者，莫先乎情。"这句话告诉我们，诗人要用真情实感写诗，这样才能感动读者，也能感动自己。他还说："诗者，根情，苗言，华声，实义。"这是什么意思呢？白居易实际上是把诗当作一朵花来描述。"根情"的意思是说情感是根。"苗言"是说语言是幼苗。"华声"是说声律就是开出来的花。"实义"就是意味、意义、境界，是指果实。古代的诗人，把情感看得那么重要，那么，现当代诗人呢？大诗人郭沫若曾主张"一切好诗都是感情的自然流露"。大诗人艾青曾说："对生活所引起的丰富的、强烈的感情是写诗的第一个条件，缺少了它，便不能开始写作，即使写出来了，也不能感动人。"我们说，情感最初来自感觉，而感觉主要依靠视觉，也就是眼睛。王安石有一句诗，写道："春风又绿江南岸。"据说，他起初写的是"春风又过江南岸"，后来又改成了"春风又满江南岸"和"春风又入江南岸"。"过""满"和"入"，他都不满意，最后，才改成"春风又绿江南岸"。一个"绿"字，不仅是一种纯粹的视觉，而且写出诗人对家乡的一种感情。诗是表现情感的艺术。一个诗人写出来的诗，首先要让读者受到感动，这是诗的艺术要达到的首要标准。

我们来看苏联诗人鲍罗杜林的《刽子手》：

刽子手……

充满了绝望神情的眼睛。

孩子在坑里恳求怜悯：

"叔叔啊，

别埋得太深，

要不妈妈会找不到我们。"

这首诗写的是什么？写的是战争，写的是死亡，写的是二战时期的一个刽子手要活埋一个年幼的孩子。诗人没有直接写这个刽子手多么残忍、多么凶恶、多么无情，而是写那个被埋的年幼的孩子，写他在坑里恳求怜悯：让刽子手不要埋得太深，否则"妈妈会找不到我们"。孩子稚气的话语，表达了强烈的情感。这情感是对战争、对敌人的有力鞭挞，连刽子手也不得不露出绝望的眼神。是什么让刽子手对天真、稚嫩又无辜的孩子下手？除了魔鬼，还有谁听到这样的请求会无动于衷？虽然这首诗的写作背景离我们已有半个多世纪，但每每读起，总让人情难自禁，不由得痛哭失声。它不仅唤起了我们对战争、对法西斯的痛恨，也唤起了我们对生命的敬重、对生活的礼赞和对幸福的珍惜。

我们再来看土耳其诗人希克梅特的《死了的小女孩》：

请开门吧，是我在敲门

我在敲，每一家的门

你的眼睛看不见我——

因为，谁也看不见死了的人

我死在广岛

多少年过去了，又要再过多少年

我曾经七岁，现在还是七岁——
因为，死了的孩子不会长

火烧毁了我的头发
后来，眼睛也被蒙住了
于是我变成了一小撮灰烬
风，就把灰烬吹走了

我请求你，但不是为了自己
我不需要面包，也不需要米饭
一个像枯叶一样烧焦了的孩子
连糖，也不能吃了

请你们一起来祈求和平
我请求你们，全世界的人们
为了让孩子能够吃糖
为了不让火把孩子烧死

　　写战争，写战争给人类带来的灾难，同样是儿童诗不应回避的主题。在这首诗中，诗人写了一个小女孩，一个死于广岛——被战火烧成灰烬——谁也看不见的小女孩。她在敲每一家的门，向人们诉说战争的残酷。她不是为了自己，因为烈火烧光了她的头发、她的身体，连骨灰也不剩。她不再需要面包、米饭，因为一个被烧焦的孩子，连糖也不能吃了！那么，她又是为了什么呢？
她要告诉每家每户，让人们去祈求和平，让世界远离战争，让孩
子们能够吃糖，让孩子们不再被火烧死。诗人把满腔的情感，聚
焦在一个被战火烧死的小女孩身上，让战争的残酷，通过一个小
女孩的口传递出来，通过她的亲身经历述说出来。这首童诗极具
穿透力和冲击力，带给读者一种流泪的冲动和深深的震撼。

＊　**在平凡细小的生活中捕捉感动**

我们在平凡细小的生活中，要怎样去捕捉感动呢？我们来看
著名诗人郑玲的《当我有一天》：

当我有一天
消逝在你的右侧
不要给我盖厚土
　还加一块石头

你不是怜悯我力气小么
那就薄薄地
　盖上一抔净土吧
以便我被秋虫惊醒了的时候
扶着你栽的小树走回家来

看看很冷的深夜

你是否仍将脚趾

露在被窝外面

　　小诗只有 12 行，所写的事物并不复杂。小诗写如果有一天，"我"就要离开人世，在即将被埋葬的那一刻，请不要给"我"盖厚土，再加一块石头；"你"平时怜悯"我"力气小，那就盖上薄薄的一层净土吧！"我"为什么要这样要求呢？原来，在夜深人静，"我"被秋虫惊醒的时候，要扶着"你"栽的小树走回家。走回家来做什么呢？原来是要看看很冷很冷的深夜，"你"是否将脚趾露在被窝外面。诗人的情感聚焦在一件极普通、极细小、极司空见惯的小事上，却展现了人世间最美好、最深厚的大爱。这样的诗，谁读了都会深受触动，都会从中汲取一种无穷的爱的力量。

　　我们再来看王宜振写母亲的一首小诗《母亲的嘱咐》：

临走的时候

把母亲水灵灵的嘱咐

掐一段　放在阳光下

晒干　装进小小的

旅行袋

饥时　嚼一点

渴时　嚼一点

一小段晒干的

话儿　嚼它

需要我一生的

时间

　　写母亲，可写的东西很多，究竟应该抓什么呢？诗人采用化大为小的手法，把母亲对儿女的情感进行聚焦，聚焦在"嘱咐"这个点上。诗人写把母亲水灵灵的嘱咐，掐一段晒干，远行时带在身边，饥时和渴时嚼上一点儿，既可以充饥又能解渴。就是这样一小段晒干的话儿，可以供游子嚼一生的时间。诗人采取化心为物，即无中生有的手法，将抽象的嘱咐化为可充饥、可解渴的食物，使所表达的情感更具感染力。诗歌要表达的情感，往往是依附于诗歌中的形象进行的。一个诗人有真实、深厚的感情，又善于运用诗的形象来表达，就会写出具有感人意境和力量的好诗来。这首诗就是这样，它的内涵十分深刻，显示了诗人超强的艺术表现力和感受力。

　　我们再来看诗人傅天琳的《夜班车》（节选）：

夜班车到站是十二点

雪落在我们身上

我和我的哥哥等着

等着一个人从一百里外回来

她今天要去做许多件许多件该做的事
她每天要走完每天的路

哥哥的棉帽子变白了
我的白围巾变厚了
值班的阿姨
拉我们去屋里烤火
还有二十分钟汽车才到

不不
我们要站在石梯的最高一级
站在路灯下
路灯下站着两个雪娃娃
我们要让夜班车拐进站台的一刹那
立刻看见她的孩子

……

　　这是一件真实的事情。诗人傅天琳告诉我们，那年冬天她在市里开完文代会，搭乘十二点的夜班车回家。夜晚空旷、静寂，又无比寒冷，她看见车站的路灯下，在飘落的雪花里，站着两个小不点儿，那正是等候她的两个孩子。他们提前半小时就到了车站，值班阿姨让他们去屋里烤火，他们说啥也不肯，一定要坚持站在路灯下，站在台阶的最高一级，让乘坐夜班车的妈妈，在拐进站台的一刹那，一眼就看见自己的孩子。事情很细小，但从很细微的小事上，诗人却发现了闪着光芒的诗。诗人说："我开始一点点寻找，一点一点挖掘，一点一点聚拢。童真与母爱，一座金矿，原来就潜藏于内心。"诗人从平凡的细小的事上，捕捉到前所未有的感动，写出了这首感人至深的《夜班车》。

我们再来看诗人蒲华清的《天气预报》：

自从爸爸出差去了，
全家人天天看天气预报。

那天预报哈尔滨有寒流，
奶奶直叨念爸爸没带棉袄；
第二天那城市气温回升，
全家人露出舒心微笑。

今天妈妈特别关心南方气象，
爸爸明天将飞海南岛；
当听到海南岛是个大晴天，
又担心爸爸没带草帽。

我说太阳大有啥可怕？
只要爸爸多吃冰糕。

我只希望天气稳定，

千万别下大雨，别落冰雹。

自从爸爸出差去了，

我们夜夜在屏幕上追踪、寻找，

全家人都随着天气预报，

一忽儿高兴，一忽儿心焦。

不知爸爸知不知道，

坐在电视机前的一家老小。

　　蒲华清常常回忆自己写这首诗的情景，他说这首诗写的是真人真事。他从真实的事情中受到触动，才写下这首小诗。生活中，往往有许许多多的感动，我们常常难以发现。蒲华清是一个表达情感的高手，他善于在平凡、细小的生活中捕捉感动，捕捉情感的变化起伏。小诗写爸爸出差去了，一家人追踪爸爸的行踪，并随着天气的变化或高兴或心焦。为什么一个小小的天气变化，却牵动着一家人的心呢？原来，这里充满着"我"、奶奶、妈妈对爸爸的深厚感情，真是一个亲切、和睦、快乐的，互相关心、互相体贴、充满温馨的家庭。不少人认为，在平凡的生活中难以寻找身边的感动，难以捕捉情感的变化起伏。蒲华清的《天气预报》，却恰恰证明了一点：优秀诗人不但可以找到身边的感动，而且可以写得很好。那么，蒲华清为什么能写出这样感人的好诗呢？这源于他对生活的真实、独特的感受。真实了，独特了，诗就有了恒久的艺术生命。

＊ 情感的深层次是智性

诗人要进行创作，所要表达的感情越深邃越好。也就是说，要找到感情的深度。这种深层次的感情就是智性。

我们来看卞之琳的《断章》：

你站在桥上看风景，

看风景的人在楼上看你。

明月装饰了你的窗子，

你装饰了别人的梦。

这首小诗，共四句。从结构上来看，前两行在写景，第三行仍在写景，最后一行由写景转入抒情。小诗仅数十字，便勾勒了"明月""小桥""你""人"和"窗"等一系列意象组成的一幅明澈的画面，似有古典诗词"独立小桥风满袖，平林新月人归后"的空灵洒脱之境。小诗看似写景抒情，实则另有意味。"你"站在桥上看风景，而"你"并没有想到，有一个人却在高处观赏，那个观赏的人连"你"也一同看了进去，使"你"成为风景的一部分，成为山水画中的小人儿。同样，明月出现在"你"的窗口，而"你"呢，却出现在别人的梦中。"你"的窗因为有了明月而显得更美。

而别人的梦，因为有了"你"才显得更有情趣。这首小诗，运用了交相反射、层层递进的手法，真可谓妙语连珠、趣味横生。

这首小诗表达的不是一般的情感，而是一种深入智性的情感。这种智性，我们有时也称作理性或者是哲理。细读小诗，我们就会体会到诗中所表现的主客相易、相对而非绝对的哲学意味。试看，"你站在桥上看风景"，"你"是主，风景是客；而别人在楼上看风景，连"你"也一并看了进去，此时此刻，别人成了主，"你"便是客了。"明月装饰了你的窗子"，"你"是主，明月是客；但"你"装饰了别人的梦，此时主客又相易，"你"为客，别人又为主了。从这首小诗，我们可以领悟到，宇宙万物都不是孤立的，而是相互联系、彼此关联的。它们相互依托，相对而存在。人与自然的关系是这样，人与人的关系也是这样。无论"看"还是"被看"，"装饰"还是"被装饰"，都不过是生命彼此关联的一种方式而已。小诗虽小，却蕴含丰富，不愧是一首清新优美、耐人寻味的哲思妙品。

对于诗人的创作来说，他要创造的是一种审美价值。审美价值越高，诗也就越具有恒久性。康德曾说，审美价值是一种感情。可我要说它不是一般的感情，而是一种特殊的感情。诗的艺术必须具有深刻的、深邃的感情。而这种感情恰恰是一种智性的思考。这就把诗提高到一个哲理的层次，也就使诗由审美进入到审智。

谁都有影子

洪恩博（9 岁）

谁都有影子
树有影子
树影就是一把伞

谁都有影子
狮子有影子
捕猎时也不孤单

谁都有影子
我也有影子
影子和我做个伴

谁都有影子吗？
可是太阳没有影子
没有太阳
谁都没有影子

点评： 影子，谁都有。树有影子，狮子有影子，"我"也有影子。影子是我们的伴儿，影子是我们的好朋友。可是，天下还有没有影子的事物，那就是太阳，太阳没有自己的影子。世界上的影子是从哪儿来的？都是太阳给的。它给了天下所有事物影子，唯独没有给自己留下一个影子。大家想一想，太阳为什么这样做呢？这种毫不利己、专门利人的精神，难道不值得我们每个人去学习吗？

百合花开

游若昕（10 岁）

妈妈昨天买的

四朵百合花

一夜之间就开了三朵

那么茂盛

那么香气袭人

还有一朵

就那样躲着

不给别人看

自己的秘密

点评： 妈妈买了四朵百合花，有三朵开了，剩下的一朵却迟迟不开，不愿意展露自己的秘密。这朵花的秘密是什么？它为什么不愿意将秘密展露给世人看？小诗人制造了一个悬念，留给读诗的人去思考、去补充。我要说，每一个孩子都与诗有缘，因为他们拥有清澈的童心；当他们用一双晶亮的充满好奇的眼睛打量身边的一切事物时，许多鲜活的感觉就从心中飞掠而过，他们只要稍加想象，把感觉记录下来，就成一首诗了。我要说，诗是最善、最美、最真的瞬间，并且闪闪发光，那光自然就是诗的光。

心　房

吴奕旸（12岁）

一个心

有两个心房

左心房

住着快乐

右心房

住着忧伤

当你快乐时

不要开怀大笑

要不然

会吵醒

住在旁边的忧伤

点评：大家知道，人有两个心房——左心房和右心房，这是常识。可左心房住着快乐，右心房住着忧伤，这就是文学的想象了。小诗人还提醒读者，当你快乐时，千万不要开怀大笑。为什么不可以？因为开怀大笑时，会吵醒正在熟睡的忧伤。忧伤醒来后，会有怎样的后果呢？大家一定可以想到。也许有些小朋友会说："王爷爷，这首诗有点不好理解，有点抽象。"我想说，它的深也是它的浅，它的晦涩也是它的透明，小诗有点模糊性和不确定性，会激发我们更多的想象。难道你会说这样的诗不是好诗吗？

太阳和月亮

何乐彦（12岁）

天空
是一张图画纸

太阳喜欢在纸上
涂蓝色
月亮喜欢涂黑色
所以
他俩经常为
涂什么颜色
而吵架

最后，他们决定
白天涂蓝色
晚上涂黑色

太阳在白天
月亮在晚上
画着各自的欢喜

点评：天空是一张图画纸。太阳和月亮是两个顽皮的孩子，他们都喜欢做涂色游戏。太阳喜欢涂蓝色，月亮喜欢涂黑色，各自的爱好不同，又都想把自己的爱好强加给对方，所以经常吵架。最后，他们终于达成一致，一个在白天涂蓝色，一个在夜晚涂黑色；太阳在白天，月亮在晚上，各自画着自己的欢喜。小诗由一个普普通通的自然现象，生发出许多联想，既温馨又贴切。何乐彦小诗人特别喜欢写诗，曾出过一本漂亮的诗集，我还为她的这本诗集写过序呢！

我家的弟弟

林金枝（7岁）

弟弟跌倒了

擦破了皮

奶奶的眼睛像放大镜

把伤口看得好大好大

妈妈拿出消毒水、红药水

眼睛像显微镜

一直检视着破皮

而弟弟的眼睛

却像望远镜

直望着

树下的游戏

点评： 弟弟擦破了皮，奶奶的眼睛像放大镜，认为伤口很严重；妈妈的眼睛呢？像显微镜，细心地检视着擦破的皮；只有弟弟的眼睛像望远镜，望着树下的游戏出神。小诗人化大为小，通过描写三双不同的眼睛，写出了一家三代人对一件事的不同态度。小诗人以事物的局部特征来表达事物整体，抓住了事物的本质，引发了人们对生活的思考，真是个善于表达的有心人。

一桶时间

翁柏诗（9岁）

时间

像水龙头里的水

都怪我

只顾玩

没有拧紧

——时间水龙头

让时间

一滴一滴

白白流失

一个下午

浪费了一桶时间

告诉你们吧

一桶时间

足够我读一本书呢

点评：时间像水龙头里的水，如果没有拧紧时间水龙头，时间就会白白流失。一个下午，浪费了整整一桶时间。可不能小看这一桶时间，它足够"我"读一本书呢！时间本是一个抽象的事物，小诗人把它用桶来量，这就把"虚"的东西化作"实"的东西，把不可触不可感的东西，化作可触可感的东西。写诗时，如果善于运用虚实转换的手法，就能写出好诗来。小诗人深谙其道，巧妙地将虚化作实，可以称得上一个小高手啦！

秘　密

王真（11岁）

蝴蝶有个秘密，
放在哪里好呢？

芙蓉花太大，
茉莉花太小。
放树洞里吧？
不不不，
巡夜的猫头鹰会听到！

可怜的蝴蝶，
一直起起落落，
寻找着存放秘密的地方。

点评：谁都有秘密，连蝴蝶也不例外。秘密一定要放在秘密的地方，不容易让别人找到。什么地方最秘密呢？芙蓉花太大，茉莉花又太小，放树洞里似乎比较保险，但又怕巡夜的猫头鹰会听到。怎么办？可怜的蝴蝶一直起起落落，在寻找存放秘密的合适的地方。这首小诗，将蝴蝶的心理描写得十分真实、细腻，画面感也极强。最令人叹服的，还是小诗人的表达能力，能把一只普通的蝴蝶写得那么生动、真实，我想谁都会为小诗人竖起大拇指的。

太阳躲在被子里

罗乐宜（9 岁）

冬天的早晨

妈妈把被子晒到阳台

想跟太阳见见面

八点才起床的懒太阳

竟把手脚

也伸进了被子

晚上，我们睡觉的时候

太阳也躲在被子里

我仿佛闻到了太阳的味道

香香的，暖暖的

点评： 白天，妈妈把被子拿到阳台上晒。晚上，睡觉的时候，你有什么感觉呢？也许，你并没有感到异常。但小诗人感觉到了，小诗人发现太阳就躲在被子里，还闻到了香香的、暖暖的太阳味道。我们说，诗歌就是诗人的感觉。小诗人把自己的感觉写出来，就是一首入耳入心的诗。

手上的画

慈琪（12 岁）

我在手背画一个太阳

举起来给所有人欣赏

自己假装向日葵　抬头仰望

喏　世界多好看

我在手心画一个悲伤的小人

没有人看见

顺着我的胳膊　爬进心里

独自睡着了

点评： 在自己的手背、手心画画，这是孩子们常做的游戏。小诗人在手背上画一个太阳，自己假装成向日葵，仰望太阳；小诗人又在手心画一个悲伤的小人，这个小人顺着胳膊爬进心里，安静地睡去。小诗人画出了自己内心的画。内心的画是什么？内心的画说出来写出来就是诗！我以为，孩子想怎么想就怎么想，想怎么写就怎么写，孩子的诗最纯真，也最真诚。也许他们是玩着写出来的，也许他们是不经意写出来的，但他们的感觉力和想象力，却是非常了不起的！

抱

王海博（8 岁）

打雷的时候

妈妈抱住我

怕我害怕

睡觉的时候

妈妈抱住我

怕我害怕

爸爸不在家的时候

我抱住妈妈

怕妈妈害怕

点评： 人常说，爱是人世间永恒的主题。要表现这个主题，最大的问题是难以走出前人的窠臼，也就是难以出新。可小诗人这首诗，写出了新意。我们不妨来看看他是怎样写的。首先，小诗人把"爱"这样一个大主题化小，只写表达爱的一个动作——抱。抱什么？在打雷和睡觉的时候，妈妈怕"我"害怕，抱住"我"；而"我"在爸爸不在家的时候，怕妈妈害怕，抱住妈妈。一个"抱"

字，写出了一家人浓浓的爱。小诗人是个有心人，他善于在平凡的生活中捕捉感动，捕捉情感的变化。当我读到这首小诗时，深受感动。我想这样的诗，也一定会感动孩子们，达到美化、陶冶心灵的艺术效果。

光

杨佳蓓（11 岁）

早晨

光照进来

慢慢移动

太阳长了一双

只有它自己能看见的脚

（辅导老师：魏磊）

点评： 这首小诗写太阳，突出了太阳的脚。它的脚很有趣，我们看不见，只有它自己能够看见。佳蓓小朋友善于发现，也许她在不经意间，发现了太阳长着一双脚，正是这双脚，从东走到西，从起升到沉落。世界上有许多事物，需要我们去发现。写诗，无非就是把我们的新发现写出来。

四季的路

魏蓝（12 岁）

有人害怕走路
我却认为走路是一件幸福的事

春天的道路，穿着花衣裳
夏天的道路，穿着绿 T 恤
秋天的道路，穿着红风衣
冬天的道路，穿着白棉袍

走在路上
一年四季都有好风景
没有什么能够阻挡我前行

点评：这是一首写"走路"的小诗。走路，这是大家天天都在做的事。可你能从走路中发现诗吗？能从春夏秋冬不同季节的路，发现独特的风景吗？小诗人发现：四季的路，穿着风格各异的"衣服"，有着自己独特的风景。我们说，走路就是一种探索的过程，一种发现的过程，会使我们认识更多的未知事物。正是如此，人们总是要前进。小诗充满了人生的哲理，耐人寻味。

种吻的孩子

张昕宇（9 岁）

我是一个爱种吻的孩子

我把吻种在

亲人们的身上

把吻种在爸爸的额头上

我的书桌上长出了

许许多多的童话书

我与多莱西一道

在丛林与草原上追逐梦想

把吻种在妈妈的脸颊上

我的餐桌上长出了

一只香喷喷的红烧鸡

我仿佛走进宁静的山村

美味在舌尖上流淌

把吻种在哥哥的手背上

我的房间里长出了

一辆发着光的平衡车

我像哪吒一样

脚踏风火轮迎风飞翔

我是一个爱种吻的孩子

我种下的吻

都结出了爱的诗行

点评： 用"吻"来表达爱，是人们的一种习惯。小诗人去吻爸爸、妈妈、哥哥，向他们表达自己的爱意，换来意想不到的收获：童话书、红烧鸡和平衡车。这是吻的魅力吗？小诗的结尾，告诉我们，一个爱种"吻"的孩子，种下的吻，都结出了爱的诗行。小诗从一个极普通的"吻"着笔，讲述了爱和爱的力量，达到了感人的艺术效果。

奶奶输了比赛

杨馨悦（10 岁）

奶奶输了比赛
她的搓衣板
没有洗衣机速度快

奶奶输了比赛
她的蒲扇
没有空调凉快

奶奶输了比赛
她的扫把
没有扫地机器人扫得快

奶奶输了比赛
却笑得合不拢嘴
不住地说：
"这世界变化太快！"

点评： 写世界的变化，怎样去写？从大处着手，可以吗？当然可以！但这样写往往会力不从心，难以写出佳作。小诗人杨馨悦选择从小处着手来写。她写奶奶的搓衣板、蒲扇、扫把同洗衣机、空调、扫地机器人比赛，结果自然奶奶输了比赛。输了比赛的奶奶，没有伤心，反而笑得合不拢嘴，不住地感叹："这世界变化太快！"世界的变化，带来了祖国和家庭的变化。小诗人这种以小见大和以小博大的写作手法，往往别具一番天地，给人一种睿智豁达的感觉。

句　号

刘子涵（8岁）

我的作文
里面又没有写鱼
怎么有
那么多的泡泡

点评： 一篇作文，有许多句号，这是司空见惯的事。可是，小诗人就一个又一个的句号展开联想，联想到句号是小鱼吐的泡泡。我们看，句号和小鱼吐的泡泡是多么相似呀！这种相似联想使小诗人自然想到了鱼。可是，小诗人的作文里并没有写鱼呀，那么，又何来这么多泡泡呢？这一巧妙地发问，诗意顿出，给人眼前一亮的清新感，也给小读者带来美的享受和愉悦。

王宜振

给孩子们

讲诗评诗（下册）

王宜振 编著

西安电子科技大学出版社

WANG YIZHEN GEI HAIZIMEN

JIANGSHI PINGSHI

第8讲

诗歌的想象力（上） 237

第 11 讲

第 12 讲

诗的三种主要修辞方式

第 8 讲

诗歌的
想象力（上）

＊　两种不同的想象力

每个人，生来就具有一种能力，这种能力就是想象力。想象力很重要，重要到什么程度呢？大科学家爱因斯坦曾说："想象力比知识更重要，因为知识是有限的，而想象力却概括着世界上的一切并推动着进步，想象力才是知识进化的源泉。"我们说，想象力可分为两种：一种是文学家、艺术家的想象力，我们简称为文学想象力；一种是科学家、政治家、工程师的想象力，我们简称为科学想象力。文学想象力是审美的、不实用的；而科学想象力是科学的、实用的。

那么，文学想象力和科学想象力，有什么不同呢？它们的区别主要有以下三个方面。一是科学想象力是可以证明的，而文学想象力则不能证明。牛顿小时候有一个想象：苹果为什么不往天上掉？在当时，你说这是文学的想象，还是科学的想象，恐怕是说不清的。后来，牛顿发现了万有引力定律，使这一想象得到了科学的证明，那就使这一想象变成了科学的想象。我们来看李白的诗："飞流直下三千尺，疑是银河落九天。"你要用科学去验证吗？银河系的星球都掉到地球上来，地球不灰飞烟灭才怪呢！我们说：文学的想象无法证明。二是科学的想象表现的是理性，而文学的想象表现的是感情。当我们看到一棵树时，如果我们想象这棵树有多少枚叶子，每枚叶子都是一个加工厂，它能吞进多少二氧化碳，释放多少氧气；树的身高有多少，锯成木板可以做几张桌子……这些都是科学的想象，这种想象是理性的。如果说，这棵树像一个披散着长发的美女，那这种想象就是一种文学的想象。为什么说树像一个美女？是因为人的感情转移到这棵树上，把它变成了一个人。三是文学的想象是特殊的，而科学的想象则是普遍的。文学的想象，是渗透诗人情感的一种想象，它只适用于一定的范畴，不像科学的结论，是一种普遍适用的结论。文学的想象和科学的想象，有没有一定的联系呢？当然有。《西游记》里面有个孙悟空，拔下一撮毫毛就可以变成无数个小悟空。你说神不神呀？是真的很神！可克隆技术的出现，就把这种想象变成了现实。所以，我认为文学的想象，往往成为科学发明的先导。也可以这样说，文学的想象，常常为我们的发明创造奠定基础，一旦得到严密的科学论证，就成了科学。

＊ 诗歌与联想

　　一只小鸟，有两只翅膀就可以飞翔。那么，诗歌呢？诗歌靠什么才能飞翔呢？我们说：诗歌要想飞起来，也需要两只翅膀。这两只翅膀是什么呢？一只是联想，另一只是想象。联想和想象都是想象力的范畴。不过，联想是想象力的初级阶段，而想象是想象力的高级阶段。那么，什么是联想呢？用一句简单的话来说：联想就是由一个事物想到另一个事物的过程。

我们来看诗人金波的《星星和花》：

> 我喜欢夏天——
>
> 满地的鲜花：
>
> 这里一朵，
>
> 那里一朵，
>
> 真比天上的星星还多。
>
>
> 到了夜晚，
>
> 花儿睡了，
>
> 我数着满天的星星：
>
> 这里一颗，
>
> 那里一颗，
>
> 又比地上的花儿还多。

这首小诗，只有11行。诗人运用了自由联想的手法，由地上数不清的花朵，联想到满天的星星；又由满天数不清的星星，联想到地上数不清的花朵。这种联想方式，是一种由此及彼的联想方式，它是联想中常见的一种方式。

我们再来看西班牙诗人洛尔迦的《海螺》：

他们带给我一个海螺。

它里面在讴歌
一幅海图。
我的心儿
从此涨满了水波，
暗如影，亮似银，
小鱼儿游了许多。

他们带给我一个海螺。

这首诗运用了自由联想。它的联想方式主要有两种：一是由此及彼，由一只海螺，联想到一幅海图；二是不断扩大范围，诗人由一幅海图，联想到心儿涨满水波，又由暗如影、亮似银的水波，联想到小鱼儿游了许多。这一切联想，都是由海螺引起的。联想如天马行空，纵横驰骋。它的范围不断扩充。我们说，联想有着广泛的自由。

联想主要有以下三种类型：

（一）相似联想

相似联想是根据事物的相似点而展开的联想。相似点有形态上的相似，有品质上的相似，有品格上的相似等。

我们来看青年诗人吉葡乐的《石榴树》：

石榴树开着火柴厂
轰！着火了
这儿一朵那儿一朵
救都救不灭

石榴树真亮
到处散发着磷味
着吧

救不灭就着吧
越着花儿越多
一棵在身上长满火的树
救也救不灭

不过，很快花儿要熄了
说话的工夫就有熄的了
掉在地上
一层
花瓣灰

只有石榴悄悄做成了灯笼
暗暗地把光芒收留住

大家看，盛开的石榴花，一朵一朵的，多像燃烧的火焰。诗人正是利用这一相似点，展开联想的。诗人联想到石榴树开着火柴厂，轰，着火了！这儿一朵那儿一朵，救也救不灭。着火的石榴树，不仅身上长满火，还散发着磷味。可这石榴树上的火，很快就要熄了，在它熄灭以前做成了灯笼，暗暗地把光芒收留住。诗人利用石榴花和火焰的相似点展开联想，不仅十分自然、贴切，而且合情合理。

我们再来看王宜振写的诗《树想远行》：

树想远行

就一个劲地长翅膀

他想学鸟儿

飞起来

树试了一次又一次

可翅膀无法飞起

树想远行

就在心里画轮子

他想借轮子

去远方

树画了一个又一个轮子

可轮子无法滚动

树想远行
就拼命地攒力气
他索性把整个地球
拎在自己手上

树拎着
又大又重的旅行包
像一个出门的旅人
去远行

这首诗，是利用事物间形态上的相似点展开联想的。大家看，树叶和鸟儿的翅膀、车轮和年轮、地球和旅行包，在形态上是多么相似啊！诗人就是利用这一相似点展开联想，写树想远行，就一个劲儿地长翅膀，长了许许多多的翅膀，却怎么也飞不起来；翅膀不行，树就在心里画轮子，可画了一个又一个轮子，也无法滚动；没有办法了，树只好攒力气，最后，他终于把地球提在自己手上，拎着这个又大又重的旅行包，去远方旅行了。利用相似联想，可以使诗更形象、更生动、更优美，更有魅力。

（二）相关联想

相关联想是指由事物之间的相关因素而展开的联想，如时间和空间相关，物体和事件相关，原因与结果相关，等等。

我们来看慈琪的《所有人都有开心起来的办法》：

比目鱼哭泣的时候

用一只鱼鳍捂住两只眼睛

别的鱼都做不到

猴子难过的时候

用尾巴钩住树枝

倒挂着眼泪就流不出来了

鸵鸟伤心的时候

把脑袋埋进沙里

让沙子吸走所有的不快乐

你不快乐的时候呢？

捂住眼睛吗，倒立吗，躲进被窝吗

——我知道你总有开心起来的办法

　　比目鱼、猴子、鸵鸟和一个孩子，都与不开心、不快乐这个事情有关。诗人抓住他（它）们之间的相关因素，展开联想。譬如，比目鱼哭泣的时候，会用一只鱼鳍捂住两只眼睛；猴子难过的时候，会用尾巴钩住树枝；鸵鸟难过的时候，会把脑袋埋进沙子里；孩子不快乐的时候，会怎么做呢？捂住眼睛吗，倒立吗，躲进被窝吗？原来，动物和人类都有开心起来的办法。相关联想可以使联想的视野更开阔，内容更丰富，更富有审美价值。

我们再来看土耳其诗人希克梅特的《无题》:

把地球交给孩子吧,哪怕仅只一天

如同一只色彩斑斓的气球

孩子和星星们边玩边唱

把地球交给孩子吧

好比一只大苹果,一团温暖的面包

哪怕就玩一天,让他们不再饥饿

把地球交给孩子吧

哪怕仅只一天,让世界学会友爱

孩子们将从我们手中接过地球

从此种上永生的树

在这首诗中,有一个中心事件贯穿始终。这个中心事件,就是把地球交给孩子。诗人正是围绕这个中心事件展开联想。把地球交给孩子,会产生怎样的结果呢?孩子们接过地球,如同接过一只斑斓的气球,他们和星星边玩边唱;孩子们接过地球,像接过一只大苹果、一团温暖的面包,他们不再饥饿;孩子们接过地球,学会友爱,从此种上永生的树。相关联想与事物之间的相关因素有关。在这首诗里,相关因素就是把地球交给孩子,这个相关因素是因,由相关因素产生的一切联想都是果。

(三)对比联想

对比联想是指性质或特点相反的事物构成的联想。例如,在外形方面,由长想到短,由肥想到瘦;在境况方面,由困难想到顺利，由贫穷想到富裕；在品格方面，由美好想到丑恶，由善良想到凶残；在情景方面，由热闹想到安静，由明亮想到昏暗；等等。我们来看诗人高洪波的《四季风》：

夏天的风很轻，
它踏在荷叶上，
连露珠都没碰落。

秋天的风很重，
它停在高粱上，
田野就被压红了。

冬天的风很硬，
它刚一踩上小河，
小河就结了冰。

春天的风很软，
它一触摸柳枝，
柳絮就满天飞了。

这首诗，运用了对比联想，轻对重、软对硬，对比鲜明，写出了每个季节风的特点。整首诗层次清晰，对比强烈，相映成趣。

＊　联想常见的基本方式

联想的基本方式有两种：连环式和辐射式。

（一）连环式

连环式联想是一种纵向的垂直联想。即以 A 为起点，由 A 想到 B，由 B 想到 C，由 C 想到 D，由 D 想到 E……一环扣一环，连贯成一个整体。

我们来看诗人罗大里的《需要什么》：

做一张桌子，

需要木头；

木头从哪里来？

需要大树；

大树从哪里来？

需要种子；

种子从哪里来？

需要果实；

果实从哪里来？

需要花朵；

做一张桌子，

需要花一朵。

罗大里的这首小诗，运用了连环式的联想方法。从做一张桌子，联想到需要木头，由木头联想到大树，由大树联想到种子，由种子联想到果实，由果实联想到花朵。这种连环式的联想，即以A为起点，由A到B，由B到C，由C到D，由D到E……一环接着一环，连贯成一个整体。这是一种不断扩大范围的联想方式，它构成了一系列画面，有着诱人的魅力。我们再来看诗人圣野的《小河骑过小平原》：

> 小猫咪骑在
> 小妹妹的手上
>
> 小妹妹骑在
> 妈妈的背上
>
> 妈妈骑在
> 一座小桥上
>
> 小桥骑在
> 小河上
>
> 小河像一匹
> 快活的马
> 一路唱着歌

骑过绿色的小平原

诗人用一个"骑"字，把小猫咪、小妹妹、妈妈、小桥、小河、小平原联系在一起，构成了一个又一个鲜活的动态的画面。诗采用连环式的联想方式，一层接着一层，不断扩大联想的范围，在扩大范围中又层层递进，直至托出所表达的思想和主题。我们再来看诗人樊发稼的《问银河》：

银河，银河，

请你告诉我：

为什么大伙

都管你叫"河"？

一阵风吹过，

你可起浪？你可生波？

那里可有长胡子的小虾？

可有爱钻洞的泥鳅？

可有摇头摆尾的小鲤鱼？

可有穿硬壳衣服的田螺？

你那里，能不能

一边划船，一边唱歌？

——银河，银河，

请你告诉我！

这首小诗，同样运用了连环式联想方法。诗人从银河想到了河。既然是河，就应该有河所具备的特点。如风吹过，可起浪生波；河里有长胡子的小虾、爱钻洞的泥鳅、摇头摆尾的小鲤鱼、穿硬壳衣服的田螺；应该可以一边划船，一边唱歌。这种纵向的垂直联想，是用连续的一层接一层的方式，不断扩大联想范围。

（二）辐射式

联想方式除连环式以外，还有辐射式。辐射式是一种横向的并列联想，即以 A 为圆心，由 A 想到 B，由 A 想到 C，由 A 想到 D，由 A 想到 E……这个圆心就像一个太阳，向四面八方发散着自己的光芒。

我们来看诗人金波的《如果我是一片雪花》：

如果我是一片雪花，
我飘落到什么地方去呢？

飘到小河里，
变成一滴水，
和小鱼小虾游戏。

飘到广场上，
去堆胖雪人，
望着你笑眯眯。

我飘落在妈妈的脸上，

亲亲她，

然后就快乐地融化。

　　这首 11 行的小诗，运用了辐射式联想方法。小诗以雪花为圆心，展开了三个层次的并列联想。雪花先是飘到小河里，变成一滴水，和小鱼小虾游戏；再飘到广场上，变成胖雪人，望着你笑眯眯；最后，选择飘到妈妈脸上，亲亲她，再快乐地融化。这是一种由此及彼的联想方式，这种联想条理分明，使小诗变得鲜明、形象、丰富。

　　我们再来看智利诗人米斯特拉尔的《我不希望》：

不，我不希望

我的女儿成为一只春燕。

她一旦飞上天空，

就不会回到我的身边；

她把巢筑到屋檐下，

我还怎么给她梳小辫……

不，我不希望

我的女儿成为一只春燕。

不，我不希望

我的女儿长成一个公主。

她穿上华贵的金丝鞋，

还怎么在草地上纵情嬉戏？

到了晚上，

她不能再在我身旁安睡……

不，我不希望

我的女儿长成一个公主。

不，我不希望

我的女儿将来当上女皇。

她在鼓乐声中被拥上宝座，

可宫殿却不是我能去的地方，

夜晚她睡觉时，

我也不能把她轻轻地摇晃……

不，我不希望

我的女儿将来当上女皇。

　　这首诗，同样运用了辐射式联想方法。小诗以"我不希望"为圆心，展开了三个层次的并列联想。第一层联想是"我不希望我的女儿成为一只春燕"，第二层联想是"我不希望我的女儿长成一个公主"，第三层联想是"我不希望我的女儿将来当上女皇"。三层联想相互并列，互不隶属，但有递进的趋势。

　　连环式也好，辐射式也好，联想都可以使诗的内容更丰富，主题更深刻，思路更开阔，语言更富有文采。

光

姜二嫚（6岁）

晚上

我打着手电筒散步

累了就拿它当拐杖

我拄着一束光

点评： 小诗人在晚上拿着手电筒散步，这本是司空见惯的事。可小诗人却产生了奇特的想象。她把手电筒想象成要拄的拐杖，继而想到在这样的夜晚，拄着一束光。读完小诗，我眼睛为之一亮，心灵为之一振，直呼奇妙。台湾诗人陈木城同我有共识。他也认为，这是一首可遇而不可求的好诗。在诗人创作中有"肉眼闭而心眼开"之说，这个"心眼"就是指诗的内视点。我们说，人有五觉：视觉、听觉、嗅觉、味觉和触觉。而内视点属于诗人的第六感觉，即心觉。心觉把人带进一个意想不到的境地，带进一个诗的世界。这个心觉也可以说是诗人的第三只眼睛。正是这第三只眼睛，小诗人才有了美的发现、美的创造。

祖 国 大

徐冰（7 岁）

北边在下雨

南边在刮风

东边看日出

西边看星星

祖国真是大

处处在画中

点评： 写祖国，往往写其大，这首诗也不例外。为了说明祖国大，小诗人用了四句话来形容：北边在下雨，南边在刮风；东边看日出，西边看星星。小诗人从时间、空间上，写出了祖国之大。祖国仅仅是大吗？祖国还美。一句"处处在画中"，则点出了祖国美景如画。学会表达，首先要学会概括。前四句，从东西南北四个方向，概括了祖国之大。最后一句是总括：这么大的祖国，处处都是美的。

我画的树太漂亮了

茗芝（8岁）

我画的树

太漂亮了

接下来画的鸟

画的云

画的池塘和花朵

都配不上它

点评： 小诗人画树，只点出了树画得漂亮。怎样漂亮？小诗人并没有直接描述，只说接下来画的鸟、云、池塘和花朵，都无法配上它。不用再多说，树的美不言而喻。用鸟、云、池塘、花朵来衬托树的美，这种修辞形式，我们也常常用。小诗人运用此种修辞形式，使整首诗诗意尽出，给人留下了深刻的印象。

观察蝴蝶

鲁诗语（9岁）

一只蝴蝶

静静地停在万寿菊上

妈妈抓来它

送给我

我掰开妈妈的手指

我不想这样观察蝴蝶

我想

看它飞翔的样子

点评：诗来源于生活，但要从平凡的生活发现并捕捉到诗意，却并不是一件容易的事。小诗人通过抓蝴蝶和放蝴蝶这件小事，写出了两代人对待大自然不同的态度，写出了对生命和自由的尊重。小诗虽小，却能以小见大，以小博大。小诗并没有向我们展示"要保护环境""要保护大自然"的大道理，而只用一句"我想/看它飞翔的样子"，便达到"四两拨千斤"的效果，一切尽在不言中。

字　谜

陈风樾（8岁）

三个日
变成了晶，
亮晶晶的晶。
每一个亮晶晶的东西里，
都藏着太阳光。
比如晴天里，
比如节日里，
比如彩虹里……

两个月

就变成了朋，

好朋友的朋。

听说，好朋友就像，

两个差不多的月亮，

分不清谁是谁。

好朋友吵架了，

也不会分开两个月。

（辅导老师：任小霞）

点评：在小朋友的眼里，世界上的万事万物都十分有趣，汉字自然也是趣味横生。三个日变成一个晶，每个亮晶晶的东西里，都藏着太阳光，藏在晴天、节日、彩虹里。两个月变成一个朋，好朋友的朋，就像两轮明月那样明、那样亮。好朋友总是形影不离，即使吵架了，拉拉勾，又会和好。这首诗，写了两个普通的汉字，却写得那样富有情趣，富有诗意。在孩子的眼里，一切事物都可以入诗，都可以开掘出诗意来！

城市胖了

杨浩坤（9岁）

以前的城市
住着城里人
农民住在农村

现在的城市
住着城里人
也住着农民

城市有点胖
农村有点瘦

点评： 改革开放后，中国社会发生了重要变化，城市化的步伐加快了。小诗人是个有心人，他看到了这一变化，信手用一首小诗记录下来。过去，城市和乡村界限分明。城市住城里人，乡村住农民。现在呢？农民也进了城，住进了城里。这就使城市变得更拥挤。城市不得不向外扩张，而农村呢？居住的人却越来越少。小诗人用了"胖"和"瘦"两个词，把这一现象写得栩栩如生，不仅写出了城乡的现实变化，也提出了耐人思索的一些问题。

点　名

翁柏诗（9岁）

春天的教室里
太阳老师在点名：
"蝴蝶"
"到！"
"小花"
"小草"
"到！"
……

唯独，露珠学生的座位
空着
大家不解地问太阳老师

太阳老师哈哈大笑：
小家伙
很调皮
一早跑来玩
我把他带走了

　　点评： 在春天的教室里，太阳老师点名了。当点到蝴蝶、小花、小草时，他们都一一答"到"了！只有露珠的座位空着。大家都感到奇怪：露珠为什么没有到呢？太阳老师告诉大家：（露珠）这小家伙，很调皮，一早跑来玩，我把他带走了！小诗人的这首小诗，不仅有趣，而且极富个性。小诗人把自己的感觉倾泻而出，表达得十分自由。正是这种任性的表达，才使小诗充满童趣。

我和枕头的对话

海宝（7岁）

枕头，你为什么软软的啊？

那是因为我的肚子里装着棉花啊！

枕头，为什么我睡下去的时候你会弹起来？

那是因为我想跟你玩一个蹦床游戏啊！

枕头，为什么你身上有图案？

不然的话我就不漂亮啦！

枕头，为什么你闻起来香香的？

那是因为我刚刚洗过澡，身上有太阳的味道。

枕头，我喜欢你。

现在，我要枕着你睡觉啦！

点评： 小朋友和枕头，一定是好朋友。要问为什么呀？因为小朋友天天都要枕着枕头睡觉。海宝小朋友跟他的小枕头特别亲密，他懂小枕头的心思，小枕头想什么，他都知道。这首小诗，写了小诗人和小枕头的对话。小诗人提问题，小枕头回答。这一问一答，既有童心，又有童趣。我真佩服这对好朋友，那样相互了解。对了，小海宝要枕着小枕头睡觉啦！也许，他们夜里会做着同一个梦，唱着同一首歌呢！这样两个好朋友，谁又会不羡慕呢！

信

李宜臻（12 岁）

好几天没见到

太阳了

我在雪地里踩呀踩

小狗、小鸡、小鸭都来帮忙

我们一起踩出了

一封思念太阳的信

（辅导老师：陈青松）

点评：好几天没见太阳了，大家思念太阳了，怎么办？"我"和小动物都来了，在雪地上踩啊踩。踩出了什么呢？踩出了一封信，一封思念太阳的信。小诗不用"写"字，而用"踩"字，可谓奇思妙想！太阳看了这样的信，或许会感动得流泪呢！

云

陈黛儿（8岁）

云
看上去
是那么柔软

如果
用它来铺床
一定很舒服吧

云
看上去
是那么轻

如果
用它来做鞋
一定会让我飘起来吧

266

点评：很多人写云，写不好很容易雷同。小诗人这首《云》，却写出了新意，给人一种完全陌生的感觉。小诗人抓住云的"软"和"轻"两个特点，写用它来铺床与做鞋，会获得舒适和飘起来的感觉。这种感觉和云的特点相契合，会使人产生一种新鲜感。看来，要写出与众不同的诗，得先从自己获得的独特感受写起。

会唱歌的树

袁欣宜（9岁）

一群小鸟在枯树上唱歌

枯树从此不再孤单

因为小鸟的陪伴

它现在是一棵会唱歌的树

点评：一棵孤单的枯树上飞来一群小鸟，小鸟给枯树唱歌，枯树便变成一棵会唱歌的树，不但不感到孤单，反而变得快乐起来。小诗人是个有爱心的孩子，她给枯树找到了伙伴，找到了快乐，她自己也会快乐起来。其实，写诗本身就是一个快乐的游戏，只要参与其中，就会感受到写诗的快乐。

教 科 书

侯家宜（11岁）

满肚子学问的风

写了一本《春天教科书》

它路过

光秃秃的柳树

就给柳树念第一章——

《发芽教程》

柳树恍然大悟

冒出了几百个绿芽

它路过

黄巴巴的小草

就给小草念第二章——

《变绿指南》

小草眨眨双眼

绿啦

它跑过

没有花的灌木

又给灌木念第三章——

《你为什么不长花苞》

灌木现学现用

绽开红花苞 黄花苞

风的书

变成了畅销的教科书

印了多少册都不记得啦

点评： 风是一个作家吗？也许是。你看，它写了一本《春天教科书》，这本书还分许多章节哩！有《发芽教程》《变绿指南》《你为什么不长花苞》，等等。柳树听了《发芽教程》发芽了，小草听了《变绿指南》变绿了，灌木听了《你为什么不长花苞》现学现用绽开了花苞。这本教科书还真管用，不仅很实用，也很畅销哩！这是一首童话诗。童话诗既有叙事性，又有抒情性。小诗人深谙这一点，把两者相结合、融合，使小诗灵动又有吸引力。

黑夜巧克力

华晨予（10岁）

黑夜像一块黑色的巧克力

我要一口一口地把它吃掉

嘴巴一张

咬出了一个小月牙

瞧，小飞蚁也来吃巧克力

它们一窝蜂地

咬出一颗颗小星星

点评：月亮和星星是怎么来的？小诗人有了另一番解释。小诗人首先把黑夜想象成一块黑色巧克力，想吃掉这块巧克力，嘴巴一张，便咬下一个月牙儿。小飞蚁也赶来了，一窝蜂地拥上去，咬出了一颗颗小星星。小诗人从感觉出发，展开自由联想，可以天马行空，可以信马由缰。诗是想象的艺术，怎么想都可以，只要合乎诗的逻辑就行了。

玫　瑰

刘希莹（10岁）

玫瑰，玫瑰

看你那么漂亮

小瓢虫忍不住靠近

一不小心

被你茎上的尖刺

扎出了七个洞

小瓢虫变成了七星瓢虫

玫瑰你又贪玩了

飞上天

把天空扎出了七个洞

变成了北斗七星

点评： 七星瓢虫和北斗七星是怎么来的？原来是玫瑰茎上的刺扎出来的。好厉害的刺呀！小诗人的这种想象，叫作大想象；从玫瑰花到七星瓢虫，再到北斗七星，看似并无关联的三个事物，让聪明的小诗人用玫瑰花的一根小小的刺，就联系起来了。这种奇特的联系，小诗人找到了，真令人佩服！

阳　光

徐涵璐（9 岁）

阳光

骑在蚂蚁的背上去旅行

阳光

跳到小花身上跳芭蕾

阳光

爬到农民伯伯的脸上荡秋千

阳光

把我们的世界打扮得更美丽

点评：著名中国台湾诗人林武宪曾写过一首小诗《阳光》：阳光在窗上爬着/阳光在花上笑着/阳光在溪上流着/阳光在妈妈的眼里亮着。林武宪的这首小诗，用"爬""笑""流""亮"四个动词，写出了阳光四种不同的形态。小诗人这首小诗，则用"骑""跳""爬""打扮"四个动词，把阳光写活了，写出了阳光活泼好动、天真烂漫的性格特点。写诗，要多用动词，少用形容词。这首小诗看起来形式单纯，语言朴实，实则情感真挚，美到极致，正所谓大美至简。

第 9 讲

诗歌的
想象力（下）

*　想象和联想的区别

　　前面我们讲了联想，可写诗光有联想还不行，联想只是想象力的低级阶段，而想象，才是想象力的高级阶段。如果说联想是诗歌的一只翅膀，想象则是诗歌的另一只翅膀。那么，什么是想象呢？想象是一种更高层次的思维过程，它指人对头脑中已有的形象进行艺术加工，进而创造出新形象。这个新形象不再是原形象，而是跟原形象有本质的区别。

　　我们来看诗人林焕彰的《花和蝴蝶》：

　　　　花是不会飞的
　　　　蝴蝶，蝴蝶是
　　　　会飞的花。

　　　　蝴蝶是会飞的
　　　　花，花是

不会飞的蝴蝶。

花是蝴蝶，

蝴蝶也是花。

在这首小诗中，诗人把花朵想象成不会飞的蝴蝶，又把蝴蝶想象成会飞的花朵，这不再是联想，而是一种想象。为什么这样说呢？因为诗人首先对花朵这种已有的形象，在头脑中进行艺术加工，进而创造出一种新形象——蝴蝶。同样的道理，诗人对头脑中已有的形象蝴蝶进行艺术加工，进而创造出一种新形象——花朵。这种新形象和原形象之间有着本质的区别。

我们再来看苏联诗人伊·托克玛科娃的《九月》：

夏天要走了，

秋天要来了。

太阳不再那样晒人，

它藏起来了。

小雨点像刚上学的小孩，

还有点害怕，

歪歪斜斜，

在窗上乱画。

在这首诗中，诗人把小雨点想象成刚上学的小孩。小雨点是原形象，小孩是诗人头脑中进行艺术加工后的新形象。这个新形象和原形象之间，没有任何相似之处，它们之间有着本质的区别。

联想只是从一个事物想到另一个事物的思维过程，其间并没有产生新形象。想象则不同，想象是人的头脑中，对原形象进行艺术加工，产生一种不同于原形象的新形象。看一种想象力是属于联想还是属于想象，关键看有没有新形象产生。没有新形象产生的属于联想，有新形象产生的则属于想象。

＊ 想象的三种类型

想象主要有以下三种类型：

（一）象形想象

象形想象就是抓住所描写事物的独特之处，通过想象创造出和它相似的新形象。

我们来看诗人高洪波的《月牙儿》：

月牙儿像什么？

妈妈说：

像收割秋天的镰刀。

爸爸不同意，

说是引人发馋的香蕉。

月牙儿像什么？

我说：像夜妈妈

微微翘起的嘴角。

夜妈妈一笑，

眨眼的小星星们，

就哼起了歌谣……

我们来看这首小诗，原形象是月牙儿，由月牙儿经过想象产生的新形象是镰刀、香蕉和嘴角。无论镰刀也好，香蕉也好，嘴角也好，都和月牙儿在形体上相近和相似，但它们又不是原来的形象，而是在月牙儿这个形象的基础上，经过大脑的加工，创造出的新形象。我们要特别关注，象形想象的关键在象形上。象形的特点是相近和相似，由这两个渠道，月牙儿自然而然地变为镰刀、香蕉和嘴角。把握这一想象特征，关键在于相近和相似两个渠道是否畅通。有了畅通的渠道，变异自然水到渠成。

我们再来看诗人高帆的《小河与小桥》：

草地是一块

漂亮的绿绸缎，

可惜被小河

分成两半。

小桥，

紧扯着两半绿绸，

要把它们

重新缝在一起，

便让小鱼儿

做它的银针，

一闪一闪，

从这岸连到那岸……

这首小诗，有两个重要的想象：一个是草地是绿绸缎，一个是小鱼儿是银针。草地和绿绸缎也好，小鱼儿和银针也好，都有相近、相似之处。因此，我们把小诗中的想象称为象形想象。

我们再来看诗人王立春的《花纽扣》：

这些野花

这遍地黄的红的蓝的野花

是草甸子的纽扣呢

这些花朵纽扣

系住了草地上的绿草衣衫

再没有哪一片草甸子

离开地面乱跑

没有扣子怎么行呢

草也要系扣子

你看那敞着怀的干草

跑得到处都是

草甸子上系了一朵一朵的

花纽扣

真好看

在这首诗里，诗人有一个重要的想象，就是把花朵想象成纽
扣。那么，纽扣和花朵像不像呢？自然很像。诗人抓住了它们之
间的相近与相似之处，采用了象形想象，使小诗变得更形象、更
生动，更富有内涵，更具有文学的魅力。

（二）变形想象

变形想象着眼于事物的神韵，据此想象出与之相通的新形象。
这种新形象与原形象相比，状貌已完全不同，可以说已完全变形，
但仍能传导出原形象的神韵。变形想象和象形想象有相同的地方，
两者都创造新形象，但两者又有明显的不同。象形想象创造的新
形象虽不同于原形象，但仍有相近、相似之处。变形想象则不同，
变形想象所创造的新形象与原形象已无相近、相似之处，呈现出
的是一个陌生的面孔。那么，新形象同原形象有没有联系呢？有。
新形象在神韵上同原形象是相通的。

我们再来看诗人雪兵的《小宝宝》：

小宝宝，

像只鸟，

奶奶的胸怀啊，

是鸟儿温暖的巢……

在这首四行小诗中，诗的前两句"小宝宝，像只鸟"，似乎令人费解：宝宝再小也是个小人儿啊，怎么能是"鸟"呢！人和鸟在形态上绝无相似之处，把人想象成鸟，于理不通。诗人为什么这样写呢？我们不妨再接着读下去。下面两句"奶奶的胸怀啊，是鸟儿温暖的巢……"那么，小宝宝与"鸟"就在神韵上有了共通之处。这种想象，就是变形想象。

为了使诗陌生化，给读者一种全新的感觉，一首小诗往往用到多个变形想象。我们来看诗人应拥军的《树是季节的车站》：

树是季节的车站

季节的列车

要在这里停靠

列车里的旅客

一批又一批

有些待得时间短

比如花朵

有些待得时间长

比如叶子和果子

冬天来到了
车站里空荡荡的
只有几片叶子
迎着瑟瑟的冷风
坐在树梢，不想回家

　　这首小诗，把树想象成季节的车站，给人一种完全陌生的感
觉。树和车站是两个完全不同的事物，并无相近、相似之处。这
无疑是一个变形想象。接着，诗人又把花、叶和果想象成列车里
的乘客。花、叶和果与乘客也无相近、相似之处，它们仍然是诗
人的变形想象。我们把这一系列变形想象联系起来看，树是季节
的车站，花、叶和果是乘客，就有了神韵上的共同点和共通点。这
就是变形想象的神秘之处。
　　我们再来看诗人王宜振的《家》：

我的家
是一棵春天的花树
爸爸妈妈是干和枝
我和妹妹是花朵
在款款地盛开

我的家
是一株夏天的小草

爸爸妈妈是茎和叶

我和妹妹是露珠

在亮亮地闪耀

这首小诗只有 10 行，诗人却用了多个变形想象，首先把家想象成花树和小草，接着把爸爸妈妈想象成干和枝、茎和叶，继而把"我"和妹妹想象成花朵和露珠。这一系列想象，既不同于原形象，又给人陌生的感觉。那么，诗人为什么这样写呢？仅仅是为了博取读者的眼球吗？不是这样。这一系列变形想象联系起来看，它们在神韵上是相通的。用变形想象写诗，不仅使诗给人耳目一新的感觉，也使诗产生更大的想象空间，给读者留下常读常新的思索和玩味。

我们再看王国江的《亲情》：

童年时看父亲

父亲是一座山

而我是一只林中鸟

鸟永远离不开山的熏陶

童年时看母亲

母亲是一片蓝色的湖

而我则是一尾鱼

鱼永远离不开湖的怀抱

山给我坚强的品格

湖给我水的欢笑

山进化我飞翔的羽毛

湖蜕尽我游弋的鳞屑

成年时再看父亲

父亲变成山中一片林

而我却挺拔成一座山

山总报答不完林的恩情

成年时再看母亲

母亲则变成湖中一片水草

而我却坦荡成一片湖

水草永远庇护湖的波涛

这是一首赞美亲情的诗。诗人在童年时把父亲想象成一座山，把自己想象成一只林中鸟，在童年时把母亲想象成一片蓝色的湖，把自己想象成一尾鱼；诗人在成年时把父亲想象成一片林，把自己却想象成一座挺拔的山，在成年时把母亲想象成湖中的一片水草，把自己却想象成一片湖。诗中一连串变形想象的运用，使诗表达的情感更强烈，把诗人对父母的感激之情以及父母的养育之恩，真切地表达出来。

（三）象征想象

象征想象就是托义于物的想象，它常常把抽象的意义变成具体可感的形象。

我们来看中国台湾诗人纪弦的《一片槐树叶》：

这是全世界最美的一片，
最珍奇，最可宝贵的一片，
而又是最使人伤心，最使人流泪的一片，
薄薄的、干的、浅灰黄色的槐树叶。

忘了是在江南，江北，
是在哪一个城市，哪一个园子里捡来的了，
被夹在一册古老的诗集里，
多年来，竟没有些微的损坏。

蝉翼般轻轻滑落的槐树叶，
细看时，还沾着些故国的泥土哪。
故国哟，啊啊，要到何年何月何日
才能让我再回到你的怀抱里，
去享受一个世界上最愉快的
飘着淡淡的槐花香的季节。

故园之恋、怀乡情愁，一直是我国一代台湾诗人笔下挥之不去的主题。《一片槐树叶》也正是言此主题。诗人歌咏直抒胸臆，毫不掩饰热烈的心绪："这是全世界最美的一片，最珍奇，最可宝贵的一片。"全诗托义于物，借物抒情，物与情之间互为生发，使干而未枯的这片槐树叶，凝聚着浓烈的情感和生命。这不仅仅是来自大陆的一片叶子，而且是来自大树母亲的一个孩子，它是一个象征想象。我们看，每一个身居台湾的异乡人，不也是一片离开故土的槐树叶吗？诗人把要表达的思想，全部寄托在一片槐树叶上。著名诗人艾略特说过："诗要回避感情，诗要节制。"这首诗，恰到好处地表达出了乡愁和乡思。这不仅是一首游子吟，更是一支思乡曲。这意绪，这剪不断理还乱的乡愁，全都凝结在这片小小的槐树叶上，永久地保存在人们的记忆中。

我们来看诗人曾卓的《悬崖边的树》：

不知道是什么奇异的风

将一棵树吹到了那边——

平原的尽头

临近深谷的悬崖上

它倾听远处森林的喧哗

和深谷中小溪的歌唱

它孤独地站在那里

显得寂寞而又倔强

它的弯曲的身体

留下了风的形状

它似乎即将倾跌进深谷里

却又像是要展翅飞翔……

　　我们说，现实生活中的风，可以将一棵树吹折，甚至吹倒，但怎么能将一棵树从一个地方，吹到另一个地方去生长呢？显然是不可能的。既然不可能，诗人又为什么这样写呢？原来，诗人写的树，是经过诗人主观化、心灵化酿造的形象。诗人采用象征想象的手法，借一棵"即将倾跌进深谷"的树，来托物寄兴，塑造了一个遭狂风袭击、临近悬崖而顽强生活着的不屈的战士形象。象征想象的一个重要特点，便是托义于物。在这首诗里，便是借树写人。诗人用了三组镜头来写。第一组镜头聚焦在远景上，写"临近深谷的悬崖上"的树，写树不幸的境遇；第二组镜头聚焦在近景上，写那棵树站在悬崖边上，寂寞中显得倔强，它倾听森林的喧哗和小溪的歌唱，显示了它对生活的热爱，对美好生活的向往和追求；第三组镜头是一个特写镜头，诗人写树在即将倾跌进深谷时，却又像是要"展翅飞翔"，充分展示了树的生命韧性和蓬勃向上的力量。象征想象的关键是要选择好托义于物的这个"物"，然后再用这个"物"来选择它象征什么。在这里，诗人选择"树"这个物，然后用树去象征生命，使自己真挚的情感和灵魂世界，得到充分的寄托和展露，进而让人们在深刻的象征中悟出生命的真谛。至此，这首诗也产生了震撼人心的艺术魅力。

　　我们再来看法国诗人保尔·瓦雷里的《石榴》：

微裂的硬壳石榴，

因籽粒的饱满而张开了口；

宛若那睿智的头脑

被自己的新思胀破了头！

假如太阳通过对你们的炙烤

微微裂开的石榴呵，

用精制的骄傲，

迸开你们那红宝石的隔膜，

假如你们那皮的干涸金色

耐不住强力的突破，

裂成满含汁水的红玉，

这光辉的决裂

使我梦见自己的灵魂，

就像那石榴带着这神秘的结构。

　　保尔·瓦雷里是法国象征派代表性诗人。他的这首《石榴》是
借物抒情、托物言志的典范之作。瓦雷里 21 岁时已在诗歌上取得
很高的成就，他的诗追求哲理、真实和形式完美，在法国诗坛产
生了广泛影响。由于一场疾病，他中止写作 25 年。25 年以后，他
的诗情复燃，写下了这首脍炙人口的佳作《石榴》。石榴本是一种
普通的水果，诗人瓦雷里从它的外部形状入手，联想到丰硕的成
果、思想者的头脑和内心隐秘的结构。诗共分为四小节。第一小

节，实写石榴的外形。写石榴张开了口，宛如睿智的头脑，被自己的新思胀破了头。这一联想十分恰切又生动。第二、三小节，写石榴为什么会开口，由于外力太阳的炙烤和内力的突破，石榴开口似乎是不可阻遏的一种规律。诗人赞扬这种规律并展现出难以抑制的喜悦之情。诗的最后一小节，将石榴的炸裂誉为"光辉的决裂"，并由石榴的炸裂，进一步联想到自己灵魂的隐秘结构。小诗写的是石榴，是诗人的一种象征想象。石榴象征瓦雷里睿智的头脑、丰赡的诗思和激情复燃的灵魂，体现了诗人对生活的真情和对哲理的思考。

＊　联想和想象在诗歌创作中的应用

写诗时，联想和想象往往是一起使用的。我们来看诗人李德民的《树叶是一幅地图》：

　　真的，树叶
　　是一幅地图
　　纵纵横横的脉络
　　是纵纵横横的道路、河流

　　喜欢旅行的风
　　天天都来看
　　看过正面看背面

一遍又一遍

直到看熟了、记住了

风才放心地吹向远处

同样喜欢旅行的鸟

也天天来看

看过这叶看那叶

好像还在比对着

鸟要把每条道路都记清

要不然，它就没法飞回来了

树叶的地图

太阳也看

月亮也看

从天空落下的雨点也看

看了，它们才不会

落错地方

　　这首诗，首先运用了想象。诗人把树叶想象成一幅地图。地图和树叶不同，它是诗人头脑中的树叶经过加工而产生的新形象。我们看，树叶纵横交错的脉络，又确实很像一幅地图，它们有诸多相近、相似之处，我们把这种想象叫作象形想象。在这首诗里，诗人又运用了联想，这些联想都与树叶这幅"地图"有关；我们把这种联想叫作相关联想。风、鸟、太阳、月亮和雨点，都天天来看这张"地图"。看了这张"地图"，它们才会记清自己走的路，才不会落错方向。想象和联想的综合运用，使诗歌有了很强的想象力。诗歌创作，是对诗人想象力的挑战，而想象力又是诗人创造力的基础，是诗人培养自己"造形"能力的平台。

　　诗人郭沫若曾说："诗歌的想象可以使我们对无知自然界如对亲人，使我们听见群星的欢歌，听见花草的笑语。"英国诗人济慈说，想象力使他"同时生存在一千个世界里"。我们说，情感和感受是想象的动力，记忆是想象起飞的跑道，理解则是想象的助推器。一个诗人，要注意观察生活，体验生活，保持对生活中万千事物高度的敏感，久而久之，就会构建想象起飞的平台。这种积累越深厚、越丰富，想象的翅膀就会越强劲有力，飞翔时就会高远而自由。

星　星

马雨轩（9岁）

一个个小星星掉了下来
落在了草丛中
让小草的梦里
多了一个星空

点评：夜晚，小星星掉下来，掉到哪儿去了呢？掉到草丛中，草丛中有了那么多小星星，小草就开始做梦了，它的梦里有了一个星空。小诗人用了虚实结合的手法，恰到好处地表现了诗的意境。前一个星星，是天空中的星星，为实象；后一个星星，是梦中的星星，为虚象。一实一虚，诗就出来了，像春天的竹笋，拱破了地皮。

味　道

梁胜杰（9岁）

妈妈的衣服有香味儿

那是妈妈味儿

我闻啊闻

爸爸的衣服上都是汗味儿

没有爸爸味儿

或者　爸爸味儿就是汗味儿

奶奶味儿特别妙

那是馒头出锅的味道

热热的　香香的

我一想就很幸福

点评：妈妈的衣服有香味儿，爸爸的衣服有汗味儿。奶奶呢？奶奶的衣服有馒头出锅的味儿。这味儿好闻吗？香香的、热热的，让人想一想就很幸福。小诗人是个细心的孩子，他对生活的观察很细致，连一家人衣服上的味道都了如指掌，而且就此写出一首小诗。我记得意大利著名童诗诗人罗大里，曾写过一首儿童诗《一行有一行的气味》。这首小诗同罗大里的诗相比，有异曲同工之妙。

树

姚佳琪（8岁）

树是泥土的信
一个个果子
是一个个文字

风读了又读
把每一个字
都读熟了

才读懂了
泥巴的甜言蜜语

点评： 小诗一开头，就用了一个变形想象：树是泥土的信。树和信没有任何相近、相似之处，它们是两个不同的形象。那么，两者还有没有联系呢？有。它们在神韵上相通。在用了一个变形想象以后，小诗人又用了一个变形想象：果子是文字。两个变形想象的叠加，给小读者创造了极大的想象空间，让小读者去联想去补充，去完善去丰富。接着，小诗人用风作例，写风读了又读，才读懂了泥巴的甜言蜜语。在这里，小诗人写出了诗的意境。一首诗成功与否，全在于它的意境。王国维在《人间词话》中说："词以境界为最上，有境界则自成高格，自有名句。"王国维说的境界，实质就是意境。诗歌形象总是隐多于显，藏多于露。化诗歌形象之"实"为诗歌意象之"虚"，这其中凝聚着小诗人不凡的艺术创造力。一个二年级的小朋友，能写出如此具有想象力的好诗，足见其出色的才华和令人称道的艺术功力。

纽　扣

陈昕（9岁）

月亮婆婆

要做一件衣服

她摘下来

身边的星星

钉在自己胸前

做纽扣

点评： 月亮婆婆要做一件新衣服，没有纽扣怎么办？她望了望周围的小星星，嘿嘿，有了！她摘下了一颗又一颗小星星，钉在自己的胸前做纽扣。这闪亮的小纽扣，多漂亮呀！它为月亮婆婆的这件新衣服，增光添彩呢！我常称赞这首小诗想象之奇，用笔之巧。星星和纽扣，十分相似。这种象形想象的应用，使这首小诗熠熠生辉哪！

大 熨 斗

陈 超（8岁）

大轮船像熨斗

海面上来回走

熨来熨去

海还是那么皱

点评： 大轮船像什么？大轮船像个大熨斗，在海面上来回走，企图要把皱巴巴的大海熨平。可是熨来熨去，大海还是那么皱。小诗人由大轮船想到大熨斗，再由大熨斗想到去熨平大海，把这一系列的想象写出来，就有了诗，有了诗意。大家看，大轮船不是诗，大轮船像大熨斗就是诗了。海不是诗，海被大熨斗一熨仍是那么皱就是诗了。小诗人像变戏法一样，把一个个文字变来变去，竟变出一首诗来，真神呀！

爱是什么

刘默容（7岁）

爱好像是轻轻的

飞在空中

像种子一样

一旦落到一个人的心里

它就会长成一朵爱的小花

点评： 爱，是一个十分抽象的事物。要把抽象的事物写出来，最好的办法，就是把抽象事物具象化。别看小诗人刘默容只有七岁，但她深谙这一点。你看，她写爱轻轻的，能在空中飞翔，它像一粒种子那样，落在一个人心里。种子会生根、发芽、开花、结果，爱也是一样，它会长成一朵爱的小花。心里有了爱，有了一朵爱的小花，会是怎样的一种心情呢？可见爱，像阳光、空气和水一样，不论是谁都离不开呀！

圆圆的春节

王婉颖（9岁）

圆圆的灯笼
映出圆圆的光圈

圆圆的光圈
映着圆圆的汤圆

圆圆的汤圆
端上圆圆的桌子

圆圆的桌子
坐着团圆的家人

团圆的家人
笑出圆圆的酒窝

圆圆的酒窝
盛着团圆的快乐……

（辅导老师：杨丹）

点评：春节是中华民族传统节日，也是举家团圆的节日。写一首关于这个节日的小诗，应该怎么写？小诗人围绕春节这一中心事件，展开了多层次的并列描写，生动刻画了春节的灯笼、汤圆、圆桌、团圆的家人、小小的酒窝，写出了春节的欢乐。小诗采用了顶针的修辞方式，层层递进，直至托出小诗要表达的主题，给人一种清新活泼的审美感受。

睡 和 醒

王子言（7 岁）

青山睡了，而小河醒着

唱歌的人睡了，而歌声醒着

树木睡了，而夜莺醒着

笔盒睡了，而钢笔醒着

美好睡了，而笑脸醒着

我睡着了，妈妈却醒着

点评： 睡和醒是两种对立的状态，小诗人对睡和醒这两种状态进行了对比和铺陈，向我们展示了一系列温馨而生动的画面。最后，小诗人写道：我睡着了，妈妈还醒着。妈妈为什么还不睡？也许是在炎热的夏夜，妈妈在用蒲扇为孩子驱赶蚊虫；也许是在寒冷的冬夜，妈妈把孩子伸出被窝的小脚丫，放进被窝里去……小诗人营造了一个宽广的想象空间，让小读者通过想象去丰富和补充，进而锻炼小读者的想象力。

赛　跑

刘庆博（11岁）

作文纸是一条跑道
小墨人在上面赛跑

绸缎是一条跑道
剪刀在上面赛跑

天空是一条跑道
太阳、月亮在上面赛跑

点评： 要赛跑，就要有跑道。小墨人的跑道是作文纸，剪刀的跑道是绸缎，太阳和月亮的跑道呢？自然是天空。这首小诗运用了辐射式联想方式，以"跑道"为圆心，展开了三个层次互不从属的并列联想。这种联想方式，使小诗内容更丰富，主题更深刻，思路更开阔，语言更富有文采。

小蚂蚁生气

孙嘉禾（7岁）

露珠砸中了一只小蚂蚁

小蚂蚁生气了：

"我头上已经长出两颗芽了，

别再给我浇水啦！"

点评： 露珠落下来，砸中了一只小蚂蚁，小蚂蚁生气了，便说自己头上已经长了两颗芽，不需要再浇水了。小诗人善于观察生活，善于捕捉小露珠和小蚂蚁的点点滴滴，并加以想象，将其变成一首富有情趣的诗。这富有情趣的诗，恰恰来自于那颗纯真活泼的童心。

衣　柜

林若（7岁）

衣柜的命运真惨

闷热的夏天

穿着厚厚的皮衣棉裤

寒冷的冬天

套着薄薄的衬衫沙滩裤

每次去看他

看不见委屈

还在哈哈笑

点评： 小诗人想象很奇特，把衣柜想象成一个人了！真好玩呀！你看，衣柜在闷热的夏天，还穿着皮衣棉裤，而在寒冷的冬天，却穿着薄薄的衬衫和沙滩裤。你觉得衣柜委屈吗？可它并不觉得委屈，还哈哈大笑呢。在孩子眼里，世界上的万事万物，都有灵性，都像一个人一样，会说、会笑、会思考，衣柜也不例外。这首诗，我推荐给大人读时，大人开始感到吃惊，接着，他们都笑了。

地　　球

张心馨（13 岁）

我把脚

埋入土中

看

我是世上最富有的人

这

万物生长的地球

只是

我的一双

鞋子

点评： 把脚埋入土中，也许是孩子常玩的游戏，小诗人却因此有了新发现：偌大一个生长万物的地球，也只是自己的一双鞋子而已。把地球想象成一双鞋子，完全是孩子的想象，这想象很有气势。这是小诗人运用变形想象的结果。

树

邵心悦（9 岁）

小树听树爷爷讲故事

听着听着

小树长大了

有了自己的故事

点评： 这首小诗共四句。前两句，写树爷爷给小树讲故事，
"树爷爷"是主，"小树"为客；待小树长大了，有了自己的故事，
"小树"是主，"故事"便成了客。四句小诗，写出了主和客的相
易过程。我为这首小诗直呼奇妙。小诗运用主客相易的手法，表
达了丰富的情感，真是一首不可多得的好诗。

课　本

张欣萌（9岁）

课本的记忆力

真是好

他脑子里的知识

总也忘不掉

我想不起来的东西

都要向他请教

点评：课本容纳那么多知识，一定有超强的记忆力。"他"是我们的老师，我们有不懂的问题或者想不起来的知识，就会虚心向"他"请教。这首诗里，小诗人把课本拟人化了，而且合情合理。一个富有才情的小诗人，一旦把自己的情感聚焦在课本上，课本就不再是课本，而变成了一个人，一个记忆力超强的人。

一本发呆的书

马骤骎骎（9岁）

一本书架上的书
双手托腮发呆

他
渴望许多陌生人
一一来到面前
捧起他可爱的脸
读他所有的想法

他
渴望分享
心里的秘密
他
耐心等待着
那些发现自己的人

点评： 一本书架上的书，双手托腮发呆。他为什么发呆？他在想什么？原来，他想让每一个路过他身边的人，捧起他可爱的脸，读他的想法，他还想与陌生人分享心中的秘密，他等着别人发现自己。小诗人把一本书拟人化了，写出了这本书的想法和内心的秘密。小诗人联想丰富，情感表达十分精准，创作了一首有温度、有厚度的小诗。

第10讲

诗歌语言的

特点、弹性和随意性

＊　诗歌语言的特点

我们说，大凡艺术，都有自己的媒介。绘画的媒介是色彩和线条，音乐的媒介是声音，舞蹈的媒介是形体，文学的媒介是语言。诗是文学的一个门类，它的媒介自然是语言。这种说法对不对呢？我认为它过于笼统，难以表达诗歌的精髓。

关于诗的媒介有三种说法：一是诗没有自己单独的语言，它同小说、散文等非诗文体用的是同一种语言；二是诗与非诗文体使用的同一种语言，但有差异；三是诗使用的是一种专门语言。这三种说法，似乎都有一定的道理，但都具有片面性。为什么这样说呢？因为文学语言虽然准确规范，但主要具有表意功能，难以具备表情功能。作为内视点文学的诗歌，诗美体验往往只可意会，不可言传，一般语言是言不尽意的。那么，诗歌的语言又是什么呢？诗歌的语言，表现出独特的用词方式、语法规范和修辞法则。具体一点来说，一般语言在诗中成为内视语言、灵感语言，实现了非语言化、陌生化和风格化。

（一）非语言化

诗歌的非语言化，是针对语言功能来说的，它使诗歌的体验功能增强，交际功能弱化。对一首诗来说，不管它的语言功能如何强化和弱化，毕竟带有语义性，因此，我们说诗的语言是意和音的交融。

我们来看中国台湾诗人洛夫的《寄鞋》：

间关千里

寄你一双布鞋

一封

无字的信

积了四十多年的话

想说无从说

只好一句句

密密缝在鞋底

这些话我偷偷藏了很久

有几句藏在井边

有几句藏在厨房

有几句藏在枕头下

有几句藏在午夜明灭不定的灯火里

有的风干了

有的生霉了

有的掉了牙齿

有的长出了青苔

现在一一收集起来

密密缝在鞋底

鞋子也许嫌小一些

我是以心裁量

以童年

以五更的梦裁量

合不合脚是另一回事

请千万别弃之

若敝屣

四十多年的思念

四十多年的孤寂

全都缝在鞋底

　　张拓芜与他的表妹沈莲子自小订婚，因战乱而天各一方，不相闻已经四十多年。一日，张拓芜突然收到表妹寄来的布鞋一双，他捧着，如捧一封无字却又千言万语尽在其中的家书，不禁涕泪纵横，唏嘘不已。洛夫闻此，便写下《寄鞋》一诗，以沈莲子的口气写来，表达对拓芜的无限情感。在这首诗中，语言的表情功能极大强化，表意功能已经微不足道。一双鞋，已不再是普通的鞋，而是千言万语尽在其中的无字家书。诗歌语言的非语言化，使一般语言渗透着浓厚的情感，它不再是外在世界的叙述，而是内心世界的描写。诗的非语言化使诗成为诗，蕴含着诗的韵味。

（二）陌生化

诗歌语言是对散文语法与修辞规范的抛弃。换句话说，诗歌遵循自己独特的语法与修辞规范。

我们来看诗人章德益的《我是风筝》：

我是风筝
我被地球与太阳
放在今天

地球放我——
以我自己走过的路
做风筝线
拴住我的探索，我的追求
放在我人生的空间

太阳放我
以它抽出的阳光的金丝
做风筝线
拴住我的灵魂，我的梦境
放我在憧憬中的明天

我是风筝

我被地球与太阳

放在今天

不能断呵——我小路的风筝线

不能断呵——我阳光的风筝线

一条是对大地的痴情

一条是对光明的眷恋

在永恒的时空中

我是一只百年的风筝

暂时飘在人间

但我被人间的情丝牵着

但我被光明的梦想牵着

却在自己的短暂中

寻找永恒的终点

　　这首诗，回环往复的语言结构，把读者带进诗人自己独创的语法与修辞规范之中。它不仅在语法修辞上给人一种全新的感觉，也在诗意上给人一种全新的感觉。诗人想象自己是一只风筝，被地球和太阳放飞，被人间的情丝和光明的梦想牵着，诗人呼喊：这样的两条线不能断呵，因为一条是对大地的痴情，一条是对光明的眷恋。诗人在陌生化的语言中，发现美，追求美，创造美。这些美的产生，一定会给读者以美的享受。

（三）风格化

风格化，是诗歌语言独立价值的体现。我们说，普通语言如同走路，它有明确的目的地，目的地一到，走路本身也就会被遗忘。诗歌语言则不同。诗歌语言如同跳舞，跳舞不需要走到哪里去，它本身就是目的。不同的诗人，有不同的用词方式、语法规范和修辞规范，这就使不同的诗人形成不同的语言风格。诗有非语言化、陌生化和风格化的特征，它拒绝散文语言的价值标准，它在内视世界里活跃。可以说，诗凭借语言媒介，成了最自由的艺术，但语言由于成了诗的媒介，却又变成了最不自由的语言。诗一方面偏离了散文规范，获得了自由，一方面又进入诗的规范，获得了最大的不自由。诗必须受表情、表音、表形系统的制约，成为极端自由和极端不自由的统一。把握住了这一点，就把握住了诗的语言。

＊ 诗歌语言的弹性

诗歌的语言，除了有音乐性的特点之外，还有一个重要的特点，那就是弹性。弹性具有一种模糊性。老子早就说过："妙在恍惚。"明代诗人谢榛有"妙在含糊"之说。诗的模糊性并不是真的模糊，而是一种独特的精确、精练与精致。一般语言（尤其是科学语言）总是寻求单解，力避多义。诗却相反。诗爱单纯却厌单薄，诗总是从单解的紧身衣中解脱，用有限的笔墨去表现无限的心灵世界。

我们来看诗人艾青《巴黎》中的一小节：

人们告诉我

因罢工而停电

已经第三天

劳资双方停止谈判

胶着在黑暗里面

在这首诗中，"黑暗"一词具有弹性。"黑暗"，既可以指停电后的实景，又可以指资本主义社会的状况，也指人们对前两者的心理感受，等等，它是多义和多解的。

我们再来看诗人臧克家的《老马》：

总得叫大车装个够，

它横竖不说一句话，

背上的压力往肉里扣，

它把头沉重地垂下！

这刻不知道下刻的命，

它有泪只往心里咽，

眼前飘来一道鞭影，

它抬起头望望前面。

"老马"这个意象，富有弹性。诗人描写的老马，是一匹负重受压、苦痛无比，在鞭子的抽打之下不得不向前挣扎的老马。可有人说，诗人在描写旧时代农民的形象，以及他们的苦难生活和挣扎不屈的精神面貌；还有人说，老马的形象是忍辱负重、不屈前行的中华民族的化身；也有人说，这匹老马表现的是在时间和命运的无情拨弄中，充满苦难、坚忍和搏击的深刻的人生体验，以及咬紧牙关和磨难苦斗的人生态度；更有人说，这匹老马写的是诗人自己，写他在风雨如磐的年代，所感受到的生活的苦痛、心情的沉郁和悲愤。总之，老马不是单解而是多解，它呈现的多义性，恰恰就是一种弹性。诗的意象的弹性，在一定程度上模糊了抒情主体的确指，呈现出一种不确定性。难怪诗人自己说："你说《老马》写的是农民，他说《老马》有作者自己的影子，第三者说，写的就是一匹可怜的老马，我觉得都可以。诗贵含蓄，其中味听凭读者去品评。"

一首好的诗歌，它的弹性是在时间的长河里不断被发现、不断被加强的。同是读者，由于年龄不同、境遇不同、心态不同，会从同一首诗中获得不同的诗意。俗话说"好诗不厌百回读"，就是这个道理。好的诗没有鉴赏极限，不同的读者，会有不同的发现。诗的弹性，是诗歌语言的一个重要特点。正是有了弹性，诗才有了诗味，有了生命力。一首诗的弹性大小，决定它的诗味是否浓郁以及它的生命力是否长久。

＊　诗歌语言的随意性

诗歌语言的另一个特征，就是诗歌语言的随意性。那么，什么是语言的随意性呢？所谓随意性，就是诗人对散文语言秩序的主动性摆脱。

我们来看诗人韩作荣的《给一位盲诗人》：

世界对于你只有黑夜，

可你仰面行走，

在寻找什么呢？

你分辨声音的冷暖，

用耳朵去观察世界，

那沉重的声音是乌黑的，

那童稚的问候却带着亮色。

抚摸着温暖的阳光，

手指都在战栗，

生活，在你的心灵感光，

那是一片彩色的山野。

于是，诗从你的针尖流出，

像簇簇绽蕾的花朵，

从盲文的针孔里，

倾泻的情感，像浪涛，像巨流。

你把白昼都给了诗，

诗，有了那么多耀目的光泽；

你将痛苦和忧郁捏成手杖，

用它，去敲击昏暗……

是的，没有双眼，

依然能感受生活的五彩，

令人悲哀的，不是没有眼睛，

而是有大睁双眼的盲人。

　　这首诗，诗人信手写来，极具随意性。诗人对散文语言秩
序的主动性摆脱，使诗极具陌生感和浓郁的诗味。诗中多处运
用了通感的表现手法。"你分辨声音的冷暖"，是听觉和触觉的
沟通交错；"用耳朵去观察世界""那沉重的声音是乌黑的""那
童稚的问候却带着亮色"，三句均属于听觉和视觉的沟通交错。
通感手法的运用，使诗歌语言完全呈现一种陌生化的感觉，呈
现"平字见奇，常字见险，陈字见新，朴字见色"的特点。诗
的第五节，"你将痛苦和忧郁捏成手杖"，更是极端随意写下的
句子。这种化虚为实的描写，确实给人带来一种新鲜感。这首
诗，不大符合语法规范，这种"不符合规范"不仅仅表现在"通
感"方面，也体现在名词、动词、形容词之间互相替换，蒙太
奇似的大幅跳跃，远离喻体共同点的莫名其妙的比喻等，都透
着新奇和诗意。俄罗斯诗歌评论家别林斯基说："朴素的语言不
是诗歌的独一无二的确实标志，但是，精确的语法却永远是缺
乏诗意的可靠标志。"

诗的媒介特征是：音乐性、弹性和随意性。我们掌握了这三大特征，就可以把诗美体验，用富有音乐性、弹性和随意性的诗歌语言表达出来。

公 平

曾韦晴（8岁）

妈妈睡在我和妹妹之间
妹妹的手勾住妈妈的脖子
要妈妈的脸转过去她那边
说这样她才睡得着

我也赶紧伸出手来
把妈妈的脸转过来我这边
这样我也才睡得着

我和妹妹这样吵来吵去
妈妈就把脸摆中间
面对天花板
我和妹妹才闭上眼睛
睡着了

点评：这是一首描述现实生活的小诗。小诗写了两个孩子，在争夺妈妈。她们都要妈妈的脸朝向自己，看着自己睡。妈妈为了显示公平，把脸摆在中间，望着天花板。小诗人非常热爱生活，十分注意观察生活的细节。"妹妹的手勾住妈妈的脖子，要妈妈的脸转过去她那边"，"我也赶紧伸出手来，把妈妈的脸转过来我这边"，这样的细节，在生活中很常见，非常真实。人常说：真实，是艺术的生命。只有真实，才能产生感人的力量。小诗看似简单，情节也比较单纯，却传达出一种浓浓的亲情。可见，小诗人善于在平凡的生活中发现感动，捕捉感动，进而把感动的瞬间内化成自己内心的图画，才写出了这样感人的小诗。

同一首歌

薛程荣（10岁）

小花把歌儿

传给杨树

杨树把歌儿

传给榆树

榆树把歌儿

传给杏树

一百岁的老杏树

听到了

一岁花儿的歌

点评： 一岁的小花，把一首歌传给杨树、榆树和一百岁的老杏树。这样，通过爱心接力，这棵百岁的老杏树听到了一岁小花的歌。一首歌，看似既普通又平常，但它凝聚着小花朵的爱，凝聚着小花朵对杨树、榆树、杏树浓厚的情感。诗是情感的艺术。小诗人通过一朵小花的一首歌，把爱传给了大家，使这首小诗有了生命的活力！

有滋味的歌

吴泽豪（10岁）

黄色、蓝色、粉红色的花

一个个开始歌唱

香香的

甜甜的

知了在一边

听呆了

什么时候

我也会唱一支

有滋味的歌

点评：黄色、蓝色、粉红色的花，它们一个个开始歌唱。它们的歌竟然是有香味和甜味的。一旁的知了也有自己的歌，但与花朵的歌比起来，缺了滋味。知了感慨地说："什么时候，我也会唱一支，有滋味的歌。"小诗人在这首诗中用了通感的手法。歌是听觉，香甜是味觉，在这里听觉和味觉交错，大大增强了诗歌的表现力和感染力。

快乐是什么颜色

刘品恋（9岁）

快乐是红色的

像火红的太阳

照一下

心就暖了

快乐是黄色的

像金色的麦芽糖

舔一下

心就甜了

快乐是紫色的

像晶莹的葡萄

闻一下

心就舒服了

快乐是什么颜色

我不知道

但它

一定是彩色的

点评: 快乐有颜色吗？谁又见过快乐的颜色呢？小诗人见过，其笔下的快乐是红色、黄色和彩色的。多彩的快乐，带给人们的感觉是暖的、甜的和舒服的。小诗人在诗中运用了通感的手法，把无色无味的快乐，写出了色，写出了味，使诗突破常规的语言局限，充满了意趣。

寒假跑得飞快

徐天熠（7岁）

寒假飞进云里，

太阳公公也没看见它。

寒假爬到树上，

小鸟也找不到它。

寒假跳进河里，

小鱼也抓不到它。

寒假钻进泥土，

鼹鼠也挖不着它。

寒假刚刚来我家，

又从窗缝溜走了。

寒假，你跑得好快啊！

点评： 怎么形容寒假呢？形容它是一个小朋友吗，还是一只爱飞翔的小鸟？小诗人就用特别的方式，将寒假这个虚象写实，写它一会儿飞进云里，一会儿爬到树上，一会儿跳进河里，一会儿钻进泥土，它的行踪那样诡秘。这个小东西，刚刚来到家里，便从小诗人家的窗缝里溜走了！小诗人化虚为实，将这首诗写活了，写得顽皮、活泼、可爱。

胆小的影子

潘恩源（11 岁）

我走它也走
我跑它也跑

一路上
影子紧紧跟着我
怎么甩也甩不掉

可是我走进教室
它就不见了

嘿嘿
影子太胆小
它也怕老师

点评： 中国台湾诗人林焕彰写过一首《影子》：影子在左/影子
在右/影子是一个好朋友/常常陪着我//影子在前/影子在后/影子是一
只小黑狗/常常跟着我。林焕彰把影子比作好朋友和小黑狗，将影
子的特点表现得恰到好处。这首《胆小的影子》同林焕彰的《影

子》有相似之处，也有不同之处。相似之处是影子总是同"我"不可分离，"我"跑它也跑，一路紧紧跟着，怎么甩也甩不掉。不同之处，小诗人写"我"走进教室，影子却不见了！影子为什么不再跟着呢？原来，它的胆子太小，它也怕老师。小诗人善于从生活的细节出发，结合自己的观察，将内心的图画用文字表达出来。

太阳的一百万只手

李子远（10岁）

太阳的手很多很多
整整有一百万只

一百万只手
把黑夜
剪成碎片
装进月亮的袋子里

一百万只手
把天上的星星麦粒捡起
镶到太阳的嘴里
做牙齿

还把一条条
掉进荒野的小路
捡起　让它们明亮而清晰地
在山脚游动

一百万只手啊

还想做一百万件

你想也想不到的事

点评： 这首小诗，采用了虚实相生的表现手法。诗中有实象，也有虚象，比如：太阳是实象，太阳的手又构成了虚象；月亮是实象，月亮的袋子又构成了虚象。诗中有实有虚，虚实结合，并恰到好处地把握住了虚实之间的"度"，使小诗真中有幻，幻中有真，给人一种完全陌生的感觉。当然，小诗蕴含无穷的魅力，也体现了小诗人娴熟的语言能力。

裂　　缝

洪清彬（9岁）

闪电

风一样滑过

把天空

划开了一道长长的裂缝

并发出轰隆隆的声响

阳光

带着长长的线

把裂开的天空

补好了

点评： 闪电，大家都见过呀！这首诗里，小诗人写天空被闪电划开一道长长的裂缝。天空要是有了裂缝，天河的水就会倾泻而下，天下的人就要遭殃啦！可是，大家不用担心，小诗人又写太阳用长长的线，把裂开的天空补好了！哈哈哈，真是虚惊一场呀！对孩子来说，汉字首先不是有意义的载体，而是表达喜怒哀乐的符号。这首小诗，为我们创造了一个深邃又美好的意境，让我们在美好的意境里流连忘返。什么样的诗才算好诗呢？那种读时惊心，读后牵心，只要想起来就动心的诗，才是诗中上品。

组　词

陈心心（10 岁）

老师叫我用"麦"字组词

她说麦田呀麦穗呀麦苗呀都

可以

可这些东西我从来都没有见过

我组的是：麦片

因为每天早上我喝它

点评： 组词，是语文课堂上常见的一种训练，会让许多小朋友感到枯燥乏味，但小诗人笔下的小诗《组词》，却是那样的富有生机，富有情趣。你看，老师让用"麦"字组词，大多数小朋友自然会组"麦田、麦穗、麦苗"之类，可小诗人不这样组。为什么呀？因为作为城市里长大的孩子，小诗人都没见过这些事物，不愿意组自己不熟悉的事物。小诗人组的是什么呀？小诗人组的是：麦片。为什么要组"麦片"呢？因为麦片小诗人天天喝呀！小诗人信手拈来，很随意地写下自己的感觉，但这种感觉很真实，有一种诙谐幽默之趣。

打 盹

黄雨涵（9岁）

读了一上午的书

我趴在桌上

打盹

趁我打盹时

书也趴在我脸上

打盹

（辅导老师：廖宇娥）

点评： 读了一上午的书，"我"感到累了，趴在桌子上打盹。书被"我"读了一上午，也累了，趴在"我"的脸上打盹。从"我"打盹到书打盹，小诗人创造的形象跃然纸上，真是妙不可言。

妈妈的衣角

张冉（11岁）

妈妈的衣角是我的"避风港"，

每次闯完祸，我就用它遮住脸。

妈妈的衣角是我的"纸巾"，

当我受了委屈，我便用它拭去泪珠。

妈妈的衣角是我的"暖手袋"，

遇上大雪时，我就用它获得热量。

嘿，妈妈，

等我长大了，

我来做你的衣角。

点评： 写妈妈的诗，太多太多，写不好，就会雷同。可我读了这首小诗，不但没有雷同的感觉，反倒觉得有一种陌生化，一种别开生面的惊喜。

为什么会有这种感觉？因为小诗人选择的角度太奇、太巧、太新。从衣角去写妈妈，虽出乎常人的意料，但又在情理之中。因为衣角是"我"的"避风港""纸巾"和"暖手袋"，"我"常用它"遮住脸""拭去泪珠"和"获得热量"。小诗人写的是妈妈的衣角，实际上妈妈整个人都是衣角。"衣角"一词，具有很强的弹性。同时，它是一种象征。象征什么？象征人世间的一种爱。最后三句，小诗来了个转折，"我"长大了，要做妈妈的衣角，让人感受到一种情感的力量。

印 章

黄泳菡（8 岁）

雨滴是小河的印章

印满了小河

太阳是蓝天的印章

印亮了蓝天

星星是夜空的印章

印美了夜空

我的记忆也是印章

它深深地印满了我的心

点评：写诗，要讲究角度。有时，大家耳熟能详的题目，换一个角度，就会出现新意。《印章》这首小诗就是这样。雨滴是印章，印满小河呀；太阳是印章，印亮蓝天呀；星星是印章，印美天空呀；"我"的记忆是印章，印满"我"的心呀！小诗用了辐射式联想方式，把不同的印章写得活灵活现，惟妙惟肖。

妹妹，我想对你说

杨宇涵（13岁）

妹妹，我想对你说，
你是我生活的"侵略者"，
在我本命年的十月，
你莫名其妙地"入侵"了我的世界，
没有我的许可，
闯入得不容分说。

妹妹，我想对你说，
你是我财富的瓜分者，
在你诞生以后，
你有恃无恐地霸占着我的东西，
小到玩具大到房间，
享用得心安理得。

妹妹，我想对你说，
你是我母爱的共享者，
你让妈妈的爱不再是我的专属，
从温暖的怀抱到轻柔的抚摸，

曾经是我的私有，

你却把一半"掠夺"。

妹妹，我想对你说，

你是我快乐的赐予者，

看着你日渐丰富的表情，

我心中的阴霾便悄然退却，

你的小呆萌，

强烈地感染了我。

妹妹，我想对你说，

你是我永远的陪伴者，

父母终有一天会老去，

而我们互相还会有个最亲的伴儿，

我有妹，

你有姐。

（辅导老师：刘璐）

344

点评: 妹妹出生了，作为姐姐，应该对妹妹说些什么？小诗人用一分为二的观点，述说了妹妹不仅是"生活的侵略者""财富的瓜分者"和"母爱的共享者"，还是"快乐的赐予者"和"永远的陪伴者"。小诗说出了一个姐姐隐藏在内心的话，句句情感真挚，让读者深受感动。小诗把叙事与抒情相结合、相融合，叙事中有抒情，抒情中有叙事。小诗极富音乐性，不仅具有外韵且一韵到底，还具有内韵（即具有很强的内节奏），有上口、入耳、合辙、押韵的特点，很适合小读者朗诵。

老家的木门

杨婷（12岁）

推开，
老家的木门，
吱呀吱呀，
它在说：
欢迎回家。

刷过桐油，
换上春联，
门仿佛年轻了几岁。
它喜滋滋地看着，
一家老小跑出跑进，
听锅碗瓢盆，
叮叮当当。

离别时，
关上木门，
它一声不吭，

默默地站在奶奶身后，

目送我们渐渐远去……

（辅导老师：曹丽芳）

点评： 写老家，怎么写？小诗人只选择了木门来写。为什么要选择木门？因为木门是老家的见证。我们知道，诗是内视点文学，诗是心灵的文学，它的第一步是实现语言的非语言化。何为非语言化呢？就是语言的表情功能强化，表意功能弱化，也就是将它的体验功能发挥到最大限度，表意功能弱化到最低限度。这首小诗，从木门写起，木门的往日今昔，渗透着小诗人浓浓的情感。这首诗不再是外在世界的描写，而是小诗人内心世界的叙述。诗的非语言化功能使这首小诗成为诗，蕴含着浓郁的韵味。

小菜一碟

李一诺（10 岁）

语文老师说

这些词语对你们来说

小菜一碟

数学老师说

这些数字对你们来说

小菜一碟

英语老师说

这些单词对你们来说

小菜一碟

你一碟

他一碟

结果

我们就吃撑了

（辅导老师：廖宇娥）

　　点评：学生作业太多，负担太重，压得孩子喘不过气来，严重影响了孩子的身心健康。怎样把这一教育现状，通过一首诗反映出来？小诗人没有从大的方面去写，而是选择了一个小的角度，把视角集中在"小菜一碟"上。小诗人写语文、数学、英语三科老师布置作业，每个老师都说：这对你们来说，只是小菜一碟。正是这你一碟，他一碟，孩们就吃撑了！小诗用诙谐幽默的手法，批判了教育现状，带给我们的是对教育改革的深度思考。愿学校全面贯彻落实中央的"双减"政策，给孩子们更多的轻松和快乐。

第11讲

诗歌语言的
音乐性

＊ 诗歌同非诗文体在语言上的区别

诗歌是一种特殊的文体，它和小说、散文在语言上是有明显区别的。那么，是何种区别呢？不少人指出，它们之间的区别，在于诗的语言的形象性和精炼性。我以为，这样的表达不够准确。为什么呢？因为诗歌追求语言的形象性和精炼性，散文和小说同样追求语言的形象性和精炼性，这不是它们的区别。那么诗与小说、散文的区别究竟在哪里呢？我们说，诗是内视点文学，内视点是心灵视点，是心灵解除了它的物质重负的视点，是富有音乐精神的视点。从这里可以看出，语言的音乐性是诗的重要的语言特征，也是诗同小说、散文等一些文体的重要区别，也是诗和非诗文体在语言上的重要分界。

诗的音乐性分外在音乐性和内在音乐性两个方面。外在音乐性，又称为外节奏。内在音乐性，又称为内节奏。那么，什么是节奏呢？节奏就是语音和情绪呈现规律的起伏和变化。如果语音和情绪没有起伏变化，当然也就没有节奏；有了起伏变化，但没有规律，也不能称为节奏。狗叫的声音，虽然有起伏，但没有规律；火车开动的声音虽然有规律，但没有变化起伏；这样的声音都不能叫作节奏。节奏是诗歌特有的，小说、散文不具备这一特征。节奏又可分为两个方面：一是内在的情绪、心理的节奏，二是外在的语音的节奏。诗的两个节奏不是同等重要的。诗可以没有外节奏，但绝对不能没有内节奏。我国著名诗人戴望舒认为："诗的韵律不在字的抑扬顿挫上，而在诗的情绪的抑扬顿挫上，即在诗情的程度上。"诗是表达情感的艺术。诗最重要的是表现情绪的起伏变化，其外节奏是为内节奏服务的，只有这样，诗才能体现其自身的艺术价值。

＊ 诗的外在音乐性——外节奏

诗歌的外在音乐性即外节奏，是指诗歌的段式与韵式。段式是节奏的视觉化，韵式是节奏的听觉化。

我们来看诗人薛卫民的《为一片绿叶而歌》：

我不在意别人怎么说，

任人说我单纯，

任人说我浅薄，

我仍要执着地

为一片绿叶而歌……

因为有了绿色的植物，

生命才蓬蓬勃勃。

所有美好的记忆，

都与绿色连着。

你去问戈壁，

戈壁会这样说：

它会向你讲述绿色的历史，

讲述它今天的寂寞，

它让你在血色的夕阳中，

看到一峰峰追求的骆驼。

你去问一棵树，

一棵树会这样说：

它擎起一片蓝天，

让白云悠闲地走过，

它用一圈圈的年轮，

珍藏起岁月与思索。

谁不曾在冰天雪地中跋涉？

哪一个送走严冬的人，

不欣喜于一片绿叶唤来的春风，

吹起遍野的绿波？

谁不曾被漆黑的夜色包裹？

哪一个熬过长夜的人，

不希望一睁眼就看见，
金色的阳光在绿叶上闪烁？

假如你肯注视一片绿叶，
你会发现，每一片绿叶
都有它自己的脉纹和筋络；
一片片随风摆动的绿叶，
就像一曲曲温馨的歌……

这首诗，有着很强的外在音乐性，即它的外节奏。当这首诗映入我们的眼帘，首先是它的段式进入我们的视觉，即诗的分行排列和它的五个自然段，这就给人一种整体的美。接着，诗的韵律进入我们的听觉。这首诗，从首至尾富含韵律。现代人阅读，已经不满足于"一目了然"。尤其是诗，本就具有"平平仄仄""抑扬顿挫"的音乐性。如果我们去朗诵这首诗，让语言附着于悦耳的歌喉，用抑扬顿挫打造出它的神韵，那就更容易抵达听者的肺腑，叩响听者的心灵。诗的外在音乐性很重要，它是诗的整体音乐性的一个组成部分。一首诗的接受过程，往往就是从诗的外在音乐性开始的。诗人情动而辞发，读者披文以入情。自然，这首诗除了它的外在音乐性之外，还有它的内在音乐性。一首好诗，往往是外在音乐性和内在音乐性的统一。这首诗，读者不仅可以用耳从诗韵去捕捉诗语的音乐性，也可以用心从诗质去捕捉诗情的音乐性。可以说，这是一首上好的、完美的诗。

我们再来看诗人王宜振的一首诗《高原上的向日葵》：

金色的葵，我多想再看你一眼

看看你的叶片儿
在阳光下绿得朴素绿得自然
摸摸你的花瓣儿
在高原上黄得鲜艳黄得浪漫

金色的葵，我多想再看你一眼

看看你那圆圆的脸盘
是怎样把秋天的眉毛笑弯
摸摸你那黄金般的情感
是怎样书写着秋天的诗篇

金色的葵，我多想再看你一眼

看看你那黄金的头颅
是怎样忠诚地向着太阳旋转
摸摸你那翠绿的心跳
是怎样同大地的脉搏跳在同一节拍

金色的葵，我多想再看你一眼

看看你那间灰色的茅屋
真难相信那是一座小王子的宫殿
从茅屋走出的个个都是帝王
这不是神话，是高原一道亮丽的景观

金色的葵，我多想再看你一眼

采一片你的绿叶夹进日历
我的岁月就会像一行行禾苗绿得新鲜
摘一片你的花瓣珍藏在身边
我的生活就会有足够的阳光亮得灿烂

金色的葵，你把天涯的游子永远陪伴

　　这首诗，有着很强的外在音乐性，即进入视觉的段式和进入听觉的韵式。同时，它又有强烈的内在音乐性，即诗的内节奏。这首诗把外在音乐性和内在音乐性相结合、相融合，大大提升了现代诗的美感。有的现代派诗人，主张诗只要内节奏，不要外节奏，他们看不起诗的外在音乐性。正如我国台湾诗人纪弦所说："诗的音乐性有二：一是低级的、歌谣的音乐性，即是专门用耳朵去听的；一是高级的、现代的、新诗的音乐性，即是专门用心灵去感觉的。"纪弦将外在音乐性和内在音乐性划分了高低，并人为地制造两者的对立。我认为这种观点是片面的，不可取的。优秀的现当代诗歌，是音节外的语言特征和音节内的语言特征两者的结合与融合，是相辅相成的。现当代诗歌，不大讲究外节奏。可我以为，儿童诗要讲究外节奏，儿童喜欢节律化、朗朗上口的诗歌，这也许是儿童的年龄特征所决定的。

＊　诗的内在音乐性——内节奏

诗的内在音乐性是诗情呈现的音乐状态。情绪的强弱起伏，构成了诗的内在旋律，即诗的内节奏。诗的内节奏有两种表现方式：一是内部节奏的强烈起伏；二是主要意象的疏密相间和情感的强弱起伏交织。

我们来看诗人方冰的《一个北风呼啸的夜晚》：

一个北风呼啸的夜晚

就要铺下一天大雪

我从很远的地方转回村落

忽然发现在我的身后

尾随着两只可怕的眼睛

我吓出一身冷汗

紧握手中的镰刀

准备一拼

不知什么时候

它的前爪却搭上了我的肩膀

人说过：

这时，你绝不能回头

要是一回头

它就对准你的喉咙

一口咬得紧紧

幸而，我还没被吓昏……

可是，我已经不知道

我是怎样苦撑到村口的

好像一个知心朋友

它把嘴唇贴近我的耳朵

轻轻地对我说：

"我这是送你一程——

你需要认真提防的

不应该是偶尔遇见的我

而是常在你身边的——人！"

这首诗，诗人凶险的消极情绪突然转变为积极的情绪。这一
陡然的转折，如果用弧线来表示，便是从降到升。从构思来看，诗

人在行走过程中，遇到一只狼，这只狼用前爪搭在他的肩膀上，诗人处于极其凶险之中，情绪也消极到极点。就在这时，诗人笔锋一转，说狼并没有伤害他的用意，而是想送他一程，并告诫他：应该提防的不是偶遇的"我"，而是常在身边的人。这不仅是抒情，也是哲理。这一哲理是在情感的曲折波动中实现的。这就是情绪的起伏。这种有节奏的情绪变化，体现了情感的特殊逻辑。

我们说，意象和感情有一个疏密问题。有的诗，意象很少，意象和情感的关系很疏。如陶潜的"结庐在人境，而无车马喧。问君何能尔，心远地自偏"。这首诗的意象很淡，它体现了人生的一种境界，一种体验。有的诗，意象较多，意象之间的关系很密。如"鸡声茅店月，人迹板桥霜""香稻啄余鹦鹉粒，碧梧栖老凤凰枝""枯藤老树昏鸦，小桥流水人家，古道西风瘦马"等诗中，意象的密度都非常大。意象不是越多越好。意象太密了，情感的流畅度就会受到阻滞。这时，诗人就要用一些比较流畅的句子和意象较疏的句子，使情感自由流动。审美价值的标准是意象的疏密与感情的疏密要相互交替。意象绝对的高密度和绝对的低密度，都会使诗单调、板滞、缺少节奏感。只有意象的疏密与感情的疏密相互交替，才能使诗具有情采和文采。我们来看诗人鲁藜的《记日出》：

现在

那羊毛似的云彩变作了金羽

海水也染上了胭脂

天空好似涂了彩釉

不久，海紧迫地聚敛着微波

晨星渐渐隐遁

林鸟醒来起飞

草叶高擎着露珠

花蕊还含蓄着夜影

忽然，正东方一角水面燃烧起来

火浪中露出太阳的金冠

正好一只燕子向光芒飞去

于是，朝霞浑成一片

像展开一面遮掩宇宙的旗帜

黎明向着千山万水的远方走去

　　这首小诗，共分两小节。两小节都是写日出的情景，前一小节写日出前的情景，用了较多的意象，意象的密度很大；后一小节，意象的密度相对减小，增强了诗的情感的流畅度。这首小诗，意象的密度和情感的密度相互交替，情采和文采相得益彰。这就使诗的结构变得深刻和丰富。诗的内节奏，虽不像外节奏那样，注重于音节的抑扬顿挫，注重于韵脚和押韵，但同样获得了音乐的美质，呈现出诗情的音乐状态。

　　我国的诗歌，主要是旧体格律诗，这类诗太注重诗歌的外在形式，注重于诗歌的押韵。五四运动以后，新诗打破了旧诗的枷锁，出现了散文化的倾向。二十世纪末，更是出现了口语诗，这就把新诗完全散文化。口语诗虽是一种尝试，但对新诗的冲击仍然不可小觑。我个人以为，散文也是一种美，但诗必须是有韵律的。诗可以没有外在音乐性的外节奏，但必须有内在音乐性的内节奏，即诗的内在旋律，也就是情绪的起伏变化和对比层次。我鼓励当代诗人，在新诗的内容和形式上勇于探索，进一步促进新诗的发展与繁荣。

草 孩 子

刘菲晨（8岁）

风儿软软的

雪儿融化啦

草孩子伸出小手

挠啊挠啊

草地妈妈忍不住打了一个

大大的喷嚏

"呼啦"一声

草孩子

嘻嘻哈哈

跑得漫山遍野都是呀

点评：风儿软了，雪儿化了，哈哈，草孩子从泥土里钻出来啦！它们一个个伸出小手，挠着草地妈妈。阿嚏——草地妈妈打了个大大的喷嚏，"呼啦"一声，草孩子都跑出来了，它们嘻嘻哈哈，跑得漫山遍野都是呀！孩子的写作，随意性很强，往往想到什么写什么。漫山遍野的草孩子跑出来，占领了整个春的世界。这不仅仅是草的力量，也是春的力量。我相信，这首写出春天力量的诗，也会充满生命的活力哟！

热情的太阳

高澜鑫（8岁）

今天的太阳

很热情

她追着我们

要拥抱

我们被吓得

直奔树荫的怀抱

不肯出来

点评： 太阳太热情，想抱抱"我们"。可"我们"呢？害怕了，躲起来，不让她抱。为什么呢？因为这是一颗夏天的太阳，她那一抱不要紧，可要把"我们"热得大汗淋漓哟！小诗构想奇妙，语言质朴，越读越有味。

树

吴启东（8岁）

树是一个可怜的学生

从早到晚

被老师罚站

不能坐下

也不能乱跑

只能呆呆地

看着我们玩

点评： 在小诗人吴启东眼里，树也是一个学生。他不但是一个学生，而且是一个很可怜的学生。为什么说他可怜呀？因为他总是从早到晚，被老师罚站，既不能坐下来，也不能乱跑。他只能羡慕"我们"，呆呆地看着"我们"玩。树本来就是站着的，但这里小诗人说他被老师"罚"，才不得不从早到晚地站着。小诗既表达了对树的同情，也引发了人们对生活的思考。我认为，孩子虽然年龄小，生活经验不足，但只要关注身边的生活，把自己真实的感受写出来，就能写出好诗。

大树的耳朵

金艺灵（9岁）

叶子是大树的耳朵，

早晨听小鸟唱歌，

夜里听风儿咯咯笑。

秋天来了，

叶子落了，

小鸟好担心：

"耳朵掉了，耳朵掉了。"

大树笑着说——

我让耳朵去大地妈妈那里，

听一听秋天的声音。

点评： 叶子是大树的耳朵。大树有这么多耳朵，好高兴呀！他早晨听小鸟唱歌，夜里听风儿咯咯地笑。可是秋天来了，大树的耳朵掉了，小鸟担心大树。大树却笑着说："我让耳朵去大地妈妈那里，听一听秋天的声音。"这首小诗写秋天，也写落叶，但完全没有悲凉的感觉；相反，小诗人另辟蹊径，写出了一种新的意境。不走别人的老路，只表达自己内心的那份灵动，那份想象，那份天真，小诗人的这首小诗做到了！

露　珠

来旭杰（9 岁）

小花想画画

露珠说

我来做你的笔吧

可你得快一点哦

太阳老师响铃了

露珠说

对不起

我要去上太阳老师的课了

（辅导老师：王来润）

点评： 小花朵要画画，小露珠愿意做她的笔。小露珠催促小花朵要快一点儿，因为太阳老师响铃了，她还要赶去上太阳老师的课呢！小诗聚焦在一瞬间，但就是这一瞬间，表达了人世间最美好的情感。读之，会有一种美的享受。

雨　　滴

陈婷（9岁）

雨滴
会挠痒痒

树叶说
痒啊痒啊
浑身摇晃

湖说
痒啊痒啊
脸上起了皱纹

雨滴走远了
树叶和湖
又开始想念她啦

点评: 雨滴谁都见过,可你见过会挠痒痒的雨滴吗?小诗人笔下的雨滴就会挠痒痒。树叶说他痒啊痒啊,湖泊说他痒啊痒啊,小雨滴就给他们挠呀挠呀。后来,小雨滴走远了,树叶和湖又开始想念她啦!哈哈,原来这个会挠痒痒的雨滴,是小诗人根据自然现象想象出来的呀!

星　空

孙梓睿（11 岁）

小星星
你有妈妈吗

如果有
她抱着你们
这么多孩子
会不会
很累呢

点评： 你数过天上的星星吗？也许大家都数过。可谁又能说清天上有多少颗小星星呢？说不清。小诗人把小星星想象成孩子，那么多孩子，他们的妈妈抱着，是不是很累哪！小诗人把星空想象成妈妈，把星星想象成孩子，很贴切、很自然。这样的想象不仅有了诗味，也使这首小诗有了鲜活的生命。

小 石 头

姜蕴轩（8岁）

别装了，别装了，

坚强的小石头，

每天孤独地坐在那儿，

白天看小草跳舞，

晚上看月亮开睡衣派对，

你一定很孤独吧！

你一定想交很多朋友吧！

别装了，别装了，

别装得那么坚强。

我愿成为你第一位朋友。

点评：在孩子看来，小石头一定假装坚强，其实很孤独。白天看小草跳舞，晚上看月亮开睡衣派对，孤独的小石头一定想交很多朋友。小诗人说了如果小石头没有朋友，自己愿做小石头的第一个朋友。诗是主情的。诗中的人和事物，都会被投上感情色彩，由感情所变形，由感情所成形。一颗小小的石头，也和人一样有感情，他也怕孤独，也希望交更多的朋友。

跑

朱依娅（9岁）

云朵总是追风而跑

把自己跑成了风的样子

一片片，一缕缕

风儿总是追太阳跑

把自己跑成光的样子

一把把，一束束

阳光总追着孩子跑，把自己跑成

孩子的样子

一排排，一群群

点评： 云朵、风、阳光和孩子是四种不同的事物，他们似乎彼此孤立，没有什么联系。可小诗人朱依娅发现了他们之间的神秘联系，只用一个"跑"，就把他们联系在一起。你看，云朵追着风跑，把自己跑成风的样子；风儿追着太阳跑，把自己跑成光的样子；阳光追着孩子跑，把自己跑成孩子的样子。"跑"就像一条线，把许多珍珠串在一起。写诗，有一个小窍门：找不同事物之间的神秘联系。这个联系找到了，诗就写成了，没准还能写出一首好诗来呢。

信

陈石奇（12 岁）

夏夜的天空是封信

星星是那一个个闪亮的字

写满了那蓝莹莹的天空

水稻田中的青蛙

怎么也读不懂

急得呱呱叫

草丛中的虫儿

也在争论

到底写了啥

别急别急

我懂我懂

我告诉你们

信中说

明天准是个大晴天

　　点评：把夏夜的天空想象成一封信，把星星想象成信中的文字，想象之奇，堪称绝妙！接着，小诗人又不断扩大想象范围，写水稻田中的青蛙读不懂这封信，急得呱呱叫；草丛中的虫儿也读不懂，在争论。最后，还是"我"读懂了这封信。这种不断扩大范围的连环式联想，使小诗内容更丰富，内涵更深刻。小诗人在联想中把诗美传达给小读者，给他们一种美的陶冶和享受。

放 阳 光

荣绍媛（8岁）

小刺猬牵着几个松果

放到了小松鼠的梦里；

小鸟牵着几颗星星，

放到了白云的梦里；

小鱼牵着几颗贝壳，

放到了海星的梦里；

我牵着几缕阳光，

放到了小弟弟的梦里。

点评：小刺猬把松果放在小松鼠的梦里了，小鸟把星星放在白云的梦里了，小鱼把贝壳放在海星的梦里了，"我"把阳光放在小弟弟的梦里了。大家的梦里有了这么多美的东西，一定很开心吧！辐射式的联想方式，使小诗更形象、更生动、更优美、更具魅力。

寂寞的铃铛花

杜芃嘉（8岁）

铃铛花一直都那么寂寞吗

要不然

她怎么

不与风儿合奏一曲

她怎么

不向着太阳笑一笑

她总是那样

默默地低着头

思念着那一滴

和她说了一夜悄悄话的露珠

点评： 铃铛花像有什么心事，她既不与风儿合奏，也不向着太阳微笑。她默默地低着头，像在思念着谁。噢，原来她在思念一滴露珠，那滴和她说了一夜悄悄话的露珠。诗歌是通过语言符号表达情感的艺术。小诗人从一朵铃铛花身上，发现了喜怒哀乐。小诗人拥有一颗敏感的心，能在最常见最普通的事物中，捕捉到最细微的形象，并善于把这种形象表达出来。

鱼儿怎样睡觉

马钰菲（9 岁）

鱼儿，鱼儿，你怎样睡觉？
你是睁着眼睛睡，还是闭着眼睛睡？
你是站着睡，还是躺着睡？
你是张着嘴睡，还是闭着嘴睡？
我反正是闭着眼睛、闭着嘴、躺着睡。
鱼儿，鱼儿，你到底怎样睡？

（辅导老师：陈艳）

点评："鱼儿怎样睡觉"这个问题，我想大人不会去关注，只有小孩子才会去关注。小孩子不但关心鱼儿睡觉，还会关心鱼儿是睁眼睡，还是闭眼睡；站着睡，还是躺着睡；张嘴睡，还是闭嘴睡。小诗人一连串的发问，表达了一个孩子对鱼儿的关爱，也体现了孩子对世界上一切小生物的爱恋。读了这样的小诗，谁又不为之动情和感动呢？！

春天的脚印

马骤骎骎（9 岁）

叶芽是春天的小脚印
花蕾也是春天的小脚印

绿叶是春天的脚印
花朵也是春天的脚印

哪一个脚印是真的呢
所有的脚印都是真的呀

春天穿鞋一开始穿小码
后来穿大码
留下一个个长大的脚印

（辅导老师：黄诗淇）

点评：春天来了，春天走过去了，春天留下了自己的脚印。你们看：叶芽、花蕾、绿叶、花朵都是春天的脚印。春天哪来那么多脚印呢？怎么这些脚印有大也有小呢？究竟哪个才是春天真的脚印呢？原来，这些脚印都是真的。春天就像小孩子一样，一天天在长大，今天穿了小码鞋，长大一些，就会穿大码鞋。这些脚印，是春天成长的脚印。写春天的诗太多太多了，这首小诗别出心裁，写出了新意。

雷

王雨萌（9岁）

轰隆隆，轰隆隆

雷又生气了

雨

赶紧把雷发的火浇灭了

雷

把嘴巴笑成了

一道弯弯的彩虹

（辅导老师：王秀玲）

点评：雷生气的时候，总是轰隆隆、轰隆隆地发脾气。雨发现了，赶紧把雷的火浇灭了！于是，雷把嘴巴笑成了弯弯的彩虹。小诗人就雷、雨、彩虹这些自然现象，采用拟人化的手法，写成了一首十分美妙的小诗，谁读了都会陶醉其中呢！

第12讲

诗的三种

主要修辞方式

＊　积极修辞与消极修辞

诗的创作可以分为三个阶段。第一阶段是获得灵感，这要求诗人具有内心感应能力。第二阶段是寻思。寻思又可以分为立象和建构两个部分。立象也好，建构也好，归根结底是要求诗人具有内心加工能力。第三阶段是寻言。寻言的实质是诗的修辞，它要求的是诗人的修辞能力。

那么，诗为什么要寻言呢？著名作家钱锺书说："非言无以寓言外之意，水月镜花，固可见而不可捉，然必有此水而后月可印潭，有此镜而后花能映影。"诗人与常人的区别，就在于诗人的修辞能力。诗人的诗美体验，常常是"人人心中所有"的，而诗人笔下的诗篇，却又是"人人笔下所无"的。王国维在《人间词话》里说：读者读诗，应觉得"字字为我心中所欲言，而又非我所能言"。这便是诗的绝妙之处。

诗的寻言有两个使命，其一是"造"，其二是"达"。那么，何谓"造"呢？"造"即创造修辞方式。诗美体验决定修辞，诗美体验又制约修辞；诗美体验丰富修辞，诗美体验也"破坏"修辞。

一个诗人，要不断接受诗美体验的挑战与选择，所以，诗人的修辞方式是不断变化的。变化意味着生存，僵化则意味着死亡。那么，诗人又怎样去寻言呢？诗人寻言的过程，就是诗人摆脱消极修辞的过程。那么，何谓消极修辞呢？消极修辞就是散文化的修辞，是追求明确与准确、通顺与流畅的修辞。那么，诗人要遵从怎样一种修辞呢？我认为，诗人应该遵从积极修辞。这种积极修辞是一种创造性的修辞。诗人叶芝曾说："我花费了毕生精力来摆脱修辞……我摆脱了一种修辞，只不过又建立了另一种修辞。"叶芝告诉我们：诗人写作的过程，就是摒弃消极修辞创立积极修辞的过程。

我们来看诗人余光中的《民歌》：

传说北方有一首民歌
只有黄河的肺活量能歌唱
从青海到黄海
　风　也听见
　沙　也听见

如果黄河冻成了冰河
还有长江最母性的鼻音
从高原到平原
　鱼　也听见
　龙　也听见

如果长江冻成了冰河

还有我，还有我的红海在呼啸

从早潮到晚潮

　醒　也听见

　梦　也听见

有一天我的血也结冰

还有你的血他的血在合唱

从 A 型到 O 型

　哭　也听见

　笑　也听见

　　民歌，大多是民间流传的浅显易懂的小调。而这首诗中的"民歌"，却有着深刻的含义，它是中华民族之魂的高度概括，是中华民族文化不朽、精神不灭之歌。诗人把传统精神与现代意识联姻，把中国民歌形式与西方现代诗手法合璧。在形式上，诗人把自由与格律、统一与多样结合起来；在语言上，诗人把高雅与通俗、书面语与口语结合起来；在风格上，诗人把朦胧与明朗、阳刚与阴柔融会起来，赋予民歌现代化的色彩。这首诗无疑是诗歌现代化的创新之作。

　　诗的寻言的另一个使命，则为达。何谓"达"呢？达就是传达。传达什么呢？传达诗人的诗美体验。语言方式的变，同诗美体验相比，是相对的、稳定的。因为诗情是活跃的、不稳定的，而诗的修辞相对诗情来说，要持重得多。

"造"和"达"是一对矛盾的统一体。"造"只有在"达"中，才能显示自己的意义和价值。造而不达是谓涩，涩则不通。如果一个诗人，他在寻言方面的"造"，只是纯粹的语言性质，那这种"造"就没有价值。诗不纯粹是语言，也不纯粹是体验。那么，诗又是什么呢？诗是化为语言的体验，或者说是化为体验的语言。语言和体验，二者是相互依存不可分割的。语言如果脱离了体验，就等于消灭了体验；反之，体验如果离开了语言，就等于消灭了语言。一首诗，只有准确地传达诗美体验，才能使人更好地欣赏诗人的"造"。

＊ 诗歌的修辞：比喻

比喻是指在不同事物间寻觅、表现相同点的一种修辞方式。用一句简单的话来说：比喻就是打比方。事物与事物之间彼此相似，便形成"比"。比喻使语言生动、形象、富有感染力，是诗歌创作中最常见、最基本的修辞方式。它同其他修辞方式一起，构成诗歌修辞方式的多样性和丰富性。

常见的比喻有明喻、隐喻、借喻、博喻、略喻、较喻和互喻等。比喻句一般由本体、喻体、喻词和喻解四部分组成，在一个比喻句里，这四部分往往不会同时出现，常常会省略一两个部分。

接下来，我们主要讲讲比喻的三种类型。

（一）明喻

明喻是本体、喻体和喻词同时出现的一种比喻。它由本体（被比喻事物）、喻体（打比方事物）、比喻词（连接本体和喻体的词，像、如、一样、好似、仿佛等）组成。

　　我们来看诗人张菱儿的《妈妈的心》（节选）：

　　　　妈妈的爱心，就像一个

　　　　大大的生日蛋糕

　　　　一瓣儿给了爷爷奶奶

　　　　一瓣儿给了外公外婆

　　　　一瓣儿给了爸爸

　　　　还有一瓣儿给了我

　　爱心是抽象的，是看不见、摸不着的。要把爱心形象化、具象化，就要用到比喻。比喻成什么好呢？生日蛋糕不仅可触可感，而且香甜可口，便于分割。把妈妈的爱心比作生日蛋糕，既新颖，又形象、贴切。这是本体（爱心）、喻体（蛋糕）、比喻词（像）的组合。运用这样一个比喻，把妈妈对家人的关爱与体贴，表现得淋漓尽致。

　　我们再来看诗人艾青的《一个黑人姑娘在歌唱》（节选）：

　　　　一个是那样黑，

　　　　黑得像紫檀木；

　　　　一个是那样白，

　　　　白得像棉絮；

艾青在这里，用了两个明喻：一个是本体（黑人姑娘的黑）、喻体（紫檀木）、比喻词（像）；另一个是本体（白人孩子的白）、喻体（棉絮）、比喻词（像）。明喻的形式是 A 像 B。

（二）隐喻

何谓隐喻呢？隐喻又称为暗喻。它是只有本体和喻体的比喻，没有比喻词，用"是"来连接本体和喻体。隐喻的形式为 A 是 B。

我们来看诗人朱自清的《细雨》：

东风里

掠过我耳边

星呀星的细雨

是春天的绒毛呢。

在这首诗里，本体（细雨）、喻体（绒毛）中间没有比喻词，用"是"连接。隐喻使小诗更富有想象力、表现力和感染力。

隐喻是诗歌中常见的一种比喻形式。有时，诗歌中隐喻的喻体不止一个。我们来看诗人刘饶民的《海上的风》：

海上的风是花神，

她一来，

就绽开万朵浪花……

海上的风是琴师，

她一来，

就奏出万种歌声……

海上的风是大力士，

他一来，

就送走万片渔帆……

海上的风是狮子，

它一吼，

就掀起波浪滔天……

在这首诗中，诗人用四个喻体来形容海上的风是什么："本体（海上的风）"加"是"加"喻体（花神、琴师、大力士、狮子）"。诗人为什么要对同一个本体，用四个喻体来比喻呢？这样就使海上的风更形象，更有气势，更令人神往和敬畏。

再来看诗人王宜振写的诗《你的水域》：

你的水域

有蓝蓝的涟漪笑着

我是一根竹杖

在你的水域

开出一朵荷花

开得美丽

开得快乐

我是一粒石子

在你的水域

长成一尾小鱼

游得自由

游得活泼

你的水域

使我变成一篇童话

使我变成一部传说

你的水域

藏着什么秘密

能否告诉我？

　　在这首小诗中，诗人用了两个隐喻。一个是"我是一根竹杖"。在这个隐喻中，"我"是本体，竹杖是喻体，中间用"是"连接。另一个是"我是一粒石子"。在这个隐喻中，"我"仍旧是本体，石子是喻体，中间仍用"是"连接。诗人连用两个隐喻，使这首小诗给人陌生化的感觉，并且披上了神秘的外衣。小诗因此具有梦幻性、模糊性和不确定性，给读者留下较大的思考空间。

（三）借喻

借喻指本体和比喻词都不出现，把喻体当作本体来说。我们来看诗人赵恺的《第五十七个黎明》（节选）：

……

一个思索的雪人，

一个安睡的雪岭。

雪人推着雪岭，

在暴风雪中奋力前行。

诗中的雪人，并不是真的雪人，而是身上落满雪的女工；诗中的雪岭，也不是真正的雪岭，而是落满雪的婴儿车。在这里，本体（女工和婴儿车）以及比喻词都没有出现，只出现了喻体（雪人和雪岭）。这就是借喻。借喻体来作本体，这种形式为借 B 作 A。这种比喻形式，虽然本体未出现，但为读者开拓了想象空间，增强了表达的艺术效果。

诗人在运用比喻这种修辞方式时，一定要注意三点。一是比喻要贴切。所谓贴切，就是本体和喻体之间的相似点，一定要找准确。找得越准确，比喻就越贴切。二是比喻要新颖。比喻是一种古老的修辞方式。正因为它古老，人们在运用比喻时，很容易按惯性思维走，很容易落入前人的窠臼。诗歌在发展，比喻自然也要创新。任何一个新颖的比喻，都是诗人对生活的新发现，对诗艺的新创造。陈陈相因的比喻，其实早已脱离了比喻的本质。三是比喻要奇特。诗人要善于在两个事物中，找出共同点。找出共同点的事物越有差异，比喻就越是出人意外。不同点越大，相似点越奇。

＊　诗歌的修辞：通感

我们说，在客观世界里，人的视觉、听觉、嗅觉、味觉和触觉是各司其职的，它们绝不互相交错。那么，在诗人的主观世界里，是不是还是这样呢？我们说：诗人的主观世界往往对客观世界的事物进行变形，变得似而不似，不似而似；五官的功能不仅相互沟通和交错，甚至可以相互取代。这就是所谓诗人的"视通万里，思接千载"，也就是我们所说的通感。通感是客观世界在诗人主观世界复杂感应的产物，它常常用以表达诗人的直觉、错觉、幻觉和其他种种微妙的难以言传的感觉。用一句简单的话说：通感就是把诗人的五官感觉互相沟通、交错的一种修辞方式。

我们来看诗人艾青的《小泽征尔》（节选）：

你的耳朵在侦察，

你的眼睛在倾听，

你的指挥棒上

跳动着你的神经。

在这里，诗人不是用眼睛而是用耳朵在"侦察"，不是用耳朵而是用眼睛在"倾听"，这就把视觉和听觉相互交错，相互取代。

这种以耳为目，以目为耳，正是对沉醉在音乐世界里的指挥家的传神写照。艺术家如此，诗人也是如此。诗人往往在自己的诗境里，产生官能"错乱"，五官不分。通感手法，是诗人常用的一种修辞手法。这种修辞手法告诉我们，不仅变化产生美，而且对同一审美客体，感官的变化也会产生梦幻般的美感。在诗歌创作中，学会运用通感的修辞手法，很容易提升诗的美感。

我们再来看诗人韦苇的《我走进树林》（节选）：

我走进树林，

小鸟就来为我唱歌，

小溪就来为我弹琴。

歌声是绿色的，

琴声是绿色的。

"歌声是绿色的，琴声是绿色的"，诗人把声音写出了颜色，这就把听觉和视觉相互交错，从而产生一种梦幻般的美感，给人带来感官上的空前愉悦。

我们再来看诗人李钢的《蓝水兵》（节选）：

蓝水兵

你的嗓音纯得发蓝，你的呐喊

带有好多小锯齿

你要把什么锯下来带走

你深深地呼吸

吸进那么多透明的空气

莫非要去冲淡蓝蓝的咸咸的海风

这是《蓝水兵》的首节，诗人一开头，就用了通感的手法。
"你的嗓音纯得发蓝"，这一句使听觉和视觉沟通、交错；"你的呐
喊，带有好多小锯齿"，又使听觉和触觉交错。诗人把听觉、视觉、
触觉交错并用，大大加强了诗歌的表现力。

通感这种修辞方式，开辟了语言创新的新路径，使"不可能"
变为可能，为许多新奇的诗句，在诗中争得了位置。通感发展了
新诗的语言，具有很高的审美价值。

＊ 诗歌的修辞:虚实相生

诗歌常用的一种表现手法，就是虚实相生。所谓虚实，是针
对诗歌的意象而言的。诗歌的意象，大体有三种基本形态：一是
形似的，二是影似的，三是无形无影的。

形似的意象是实象，具有再现性和直接性的品格。我们来看
我国台湾诗人杨唤的《家》：

树叶是小毛虫的摇篮，

花朵是蝴蝶的眠床，

歌唱的鸟儿谁都有一个舒适的巢，

辛勤的蚂蚁和蜜蜂都住着漂亮的大宿舍，

螃蟹和小鱼的家在蓝色的小河里，

绿色无际的原野是蚱蜢和蜻蜓的家园。

可怜的风没有家，

跑东跑西也找不到一个地方休息；

漂流的云没有家，

天一阴就急得不住地流眼泪。

小弟弟小妹妹最幸福哪！

生下来就有爸爸妈妈给准备好了家，

在家里安安稳稳地长大。

在这首诗里，树叶、小毛虫、花朵、蝴蝶、眠床、鸟儿、巢、蚂蚁、蜜蜂、螃蟹、小鱼、小河、蚱蜢、蜻蜓、风、云、小弟弟、小妹妹、爸爸和妈妈等一系列意象，都是实象。为什么说它们是实象呢？因为它们具有可视可触的特点，具有再现性和直接性的品格。

与实象相对应的是虚象。虚象不具备可视可触性，不具备再现性和直接性，它是表现性和间接性的意象。

虚象又分为两种，一为影似意象，二为无象之象。

（一）影似意象

这种意象是现实的一种变形，但在外形上又有明显的虚拟性。我们来看我国台湾诗人纪弦的《雕刻家》：

烦忧是一个不可见的

天才的雕刻家。

每个黄昏，他来了。

他用一柄无形的凿子

把我的额纹凿得更深一些；

又给添上了许多新的。

于是我日渐老去，

而他的艺术品日渐完成。

这首小诗，仅仅只有八行，写的是诗人晚年的情绪和心态。全诗分为三层。第一层写烦忧的特点，即无形和天才。第二层写它的工作：工作时间、所用工具以及如何工作。第三层写衰老的规律和诗人晚年矛盾、复杂的心态。诗人用了一系列虚象，这些虚象是现实的一种变形，带有明显的虚拟性。如"凿子""雕刻家"等一系列意象，看似可触可感，实则带有明显的虚拟性。诗人巧用拟人手法，化抽象为具象，化无形为有形，使诗带有强烈的神秘感，呈现一种似真似幻、扑朔迷离的艺术境界，给人以极大的感染和启迪。

（二）无象之象

古代画论云："山欲高，尽出之则不高，烟霞锁其腰则高矣。"这里"烟霞锁其腰"便是无象之象。我们来看诗人桑恒昌的《羽箭》：

往年有倒春寒，

往年有倒春寒。

三月的脸，

横竖剥不下一丝笑颜。

今春怎样？

派只燕子打探。

但愿，一枝羽箭，

射落一个冬天。

在这首小诗里，诗人巧妙地运用了虚实相生的表现手法。"三月的脸"是无象之象。谁能说清"三月的脸"是什么样的呢？它不能为读者的视觉提供具体的、可视的外形，而只能为读者的想象提供间接形象。无象不是真的无象，它其实还是有象，不过呈现一种隐形的状态。正像王夫之所说："凡虚空皆气也。聚则显，显则人谓之有；散则隐，隐则人谓之无。"

我们来看诗人牛汉的《在深夜……》

有时候

在黑夜

平静的黑暗中

我用手指

使劲地在胸膛上

写着，划着

一些不留痕迹的

思念和愿望

不成句

不成行

象形的字

一笔勾出的图像

一个，一个

沉重的，火辣辣的

久久地在胸肌上燃烧

我觉得它们

透过坚硬的弧形的肋骨

一直落在跳动的心上

是无法投递的信

是结绳记事年代的日记

是古洞穴岩壁上的图腾

是一粒粒发胀的诗的种子

　　这首诗用了虚实相生的表现手法。诗中意象有实有虚，虚实结合。首节多为实象，中节有实有虚，最后一节全为虚。诗人运用虚实相生的表现手法，使整首诗真中有幻，幻中有静，寂处有音，冷处有神，展现了无穷无尽的诗的魅力。正如清人金圣叹所说："实者虚之，虚者实之，真神掀鬼踢之文也。"

虚和实是一对矛盾。诗人要恰到好处地把握虚与实的"度"：诗太"实"了不行，太实往往容易流于直白；诗又不能太"虚"，太虚则容易走向怪诞和晦涩。那些善于运用虚实相生，并恰到好处地把握分寸的诗人，就是善于寻言的诗人。

星 星 书

李陈烨（9岁）

每一颗星星

都是一本书

故事书、童话书、诗歌书

天空忙着读呀读

它挑了一本

最温暖的书——太阳

送给地球

（辅导老师：杨红萍）

点评： 把天上的星星，想象成一本一本的书，一本一本的故事书、童话书、诗歌书。这是小诗人的奇思妙想，也是小诗人的一种变形想象。为什么说它是变形想象呢？因为星星和书是完全不同的两个事物，两者没有任何相似之处。这样一些书，天空忙着读，还不忘挑一本最温暖的书——太阳，送给地球。小诗想象极其新颖，显示了小诗人非凡的想象力和表达力。

胆　小

张元缙（7岁）

我觉得

我的妈妈真胆小

她怕小蚂蚁蜇人

怕软绵绵的蛇

怕到医院打针

还怕我养的可爱的小仓鼠

有一天

我的胆小的妈妈不见了

爸爸告诉我

妈妈去了一个勇敢的城市——武汉

难道妈妈会变得勇敢吗？

很久之后

妈妈回来了

我问妈妈，你在那里害怕吗？

妈妈告诉我

她害怕孤独

她害怕病毒

但她更害怕有更多的人生病

更害怕让我面临那样的害怕

原来，妈妈还是胆小的妈妈

但是，我没有告诉她

我也很害怕

我害怕

她去了勇敢的城市

再也回不来了

（辅导老师：孙建军）

点评： 我一直在琢磨，怎样写好一首关于抗疫的童诗？当我读了一年级小朋友张元缙的《胆小》，我觉得他为小朋友写好这类童诗做出了榜样。小诗人没有去描写抗疫的大场面，而是选取了抗疫中自己最熟悉的人物——妈妈来写。写妈妈，可写的事情也很多，小诗人却只写妈妈的"胆小"。妈妈确实胆小，怕小蚂蚁、怕蛇、怕打针，甚至还怕小仓鼠。就是这样一个胆小的妈妈，在疫情到来时，却去了勇敢的城市——武汉。妈妈在勇敢的城市里变勇敢了吗？没有。她依旧胆小，她怕孤独、怕病毒、怕更多的人生病，也怕我面临那样的害怕。妈妈的胆小，使我也变得胆小起来，我怕她去了勇敢的城市，再也回不来了！小诗一波三折，通过刻画妈妈和"我"两代人的性格，塑造了抗疫过程中一群普通人的高大形象。小诗很注重细微的心理描写，许多细节十分感人。我读过不少关于抗疫的童诗，却对这首小诗格外青睐。我想小朋友在读这首诗时，除了受到感动外，还会就如何寻找写诗的"点"受到启迪。

秋天抓住了

徐梦瑶（9 岁）

秋天抓住了苹果，

苹果一下子红了脸；

秋天抓住了稻谷，

稻谷一下子金灿灿；

秋天抓住了白菜，

白菜一下子绿莹莹；

秋天抓住什么，

什么就会和它玩。

（辅导老师：伊谷）

点评： 写秋天，写什么？小诗人显然不愿走别人的套路，要走自己的创新之路。小诗人写秋天的手抓住什么，什么就变样儿了。你看，它抓住了苹果，苹果就红了脸；它抓住了稻谷，稻谷就金灿灿；它抓住了白菜，白菜就绿莹莹。秋天的手抓住什么，什么就和它玩。秋天的手，真是双有魔法的手啊！在这里，秋天的"手"是虚象，苹果、稻谷、白菜又都是实象，实象和虚象相结合，产生了虚实相生的效果，也是这首小诗出彩的地方。

金 色 花

徐泽恩（9岁）

如果我变成了金色花

当妈妈批改作业时

我会跳到妈妈桌边的花盆里

做她的小香包

点评： 小诗人的妈妈是一位老师，爱妈妈也是爱老师。小诗人想象自己变成一朵金色花，在妈妈批改作业时，跳到妈妈桌边的花盆里，做她的小香包，释放自己的香味，为妈妈抹去一天的疲劳。小诗人天真可爱的想法，真切地表达了对做老师的妈妈真挚的爱。一首只有四行的小诗，写出了小诗人的真情实感，不仅仅使做老师的妈妈读了感动，也会使所有读小诗的人感动。

思　念

宋佳怡（6岁）

思念
是什么味道的？
它是咸的。

因为我想妈妈时
就会悄悄掉眼泪。
舔一舔，
好咸呢。

思念
是什么形状的？
它是雨滴的样子。

因为下雨的时候，
我不能出去玩，
就更想念妈妈。

思念

是什么颜色的？

它是蓝色的。

因为我会常常看一看——

蓝色的天空，

希望妈妈坐上飞机

快点回来。

点评： 思念，是一个看不见、摸不着的十分抽象的事物。这种抽象的事物，对一个年仅六岁的孩子来说，几乎是难以理解的。小诗人不但理解了，还写出了这首上佳的小诗，真是令人惊奇。小诗人似乎明白，抽象的事物，只有化作具象的事物，才便于表达。小诗人张开想象的翅膀，想象思念也是有味道的——咸咸的；思念也是有形状的——雨滴的样子；思念也是有颜色的——蓝色的；这种无中生有的表现手法，使思念变得有形、有色、有味。谁读了这首小诗都会赞赏不已的。

风

刘天一（12岁）

风最笨了
踩坏了花

风
不准逃跑！
别以为
我不知道
你的脚上
可全是
花的味道

点评：调皮的风，把花踩坏了，它想逃跑。可它逃得掉吗？
它的脚上，到处都留有花香。这首小诗，是小诗人情感的自然流
露，它天然、单纯、洁净、朴质，给人一种童真的感觉。

一本有魔法的书

梁世炜（8岁）

种子
是一本有魔法的书
土地读着读着
它发芽了
太阳、雨和风
读着读着
它开了花

淡淡的花香
请来蜜蜂、蝴蝶一起读

（辅导老师：金小巧）

点评： 把种子想象成一本书，非常奇妙。种子和书没有任何相似点，两者完全不同。我们把这种想象叫作变形想象。既然种子是书，土地读着读着，就会读出芽儿来；太阳、雨和风读着读着，就会读出花朵来。花朵散发出浓郁的香味，又会邀请蜜蜂、蝴蝶一起来读。一粒普通的小小种子，小诗人竟然由此写出这么美妙的小诗。可见，想象力是小诗人写诗的基本功。写诗的过程，就是开发想象力的过程，想象力开发出来了，就会写出一首好诗来。

月　亮

郑舒文（12岁）

月亮喜欢下棋

没人跟她下

每到夜晚

只好独自一人

在天空的棋盘上

摆弄星星棋

夜空下

那么多人在观赏

（辅导老师：杨聪）

点评： 把夜空中的月亮想象成一个下棋人，把星星想象成棋子。可另一个下棋人呢？却找不到。月亮只好独自一人，摆弄着星星棋。然而，夜空下有那么多人在观赏月亮下棋。小诗想象奇特，不仅十分有趣，还给人一种完全陌生化的感觉。这样的小诗，自然是上品。

春天的孩子

费夏阳（8 岁）

春天妈妈
有几个调皮的孩子

春风是春天的孩子
他老是在田野上跑来跑去
春天妈妈都管不住他

大地是春天的孩子
她偷偷把头发染成了绿色
春天妈妈差点认不出她

花儿是春天的孩子
喜欢躲在草丛里跟人捉迷藏
连春天妈妈有时都找不到他

（辅导老师：廖宇娥）

点评： 写春天，这可是个老掉牙的题目。中国文学史上，又有多少诗人写过春天？这么多诗人去写，自然不乏经典名篇。可让当代诗人去写，难免产生一种畏惧感，不是写不出，而是难以写出新意。小诗人对这一题目却没有一点儿畏惧，大着胆子去写，而且写出了新意。我想，这是小诗人在"玩"中"玩"出来的一首诗。这首小诗之所以写得好，写得活灵活现，恰恰是小诗人写了熟悉的自己，调皮的自己。

一艘红船

胡睿宁（9岁）

一艘红船

从嘉兴南湖上驶过

化为闪闪的红星

在中国的天空飞过

落在我的心田

成为我心头不竭的能源

（辅导老师：妥金录）

点评：一艘红船，进入人们的内心以后，就变了。变成什么呢？变成闪闪的红星。这颗红星，落在人们的心田，化作心头不竭的能源。正是这样的能源，成为推翻三座大山的力量，成为民族复兴的力量。小诗虽小，却意境深远，凡读过它的人，都会留下难忘的印象。

竹 如 国

何少棋（9岁）

竹如国
竹子节节攀升
好比
祖国蒸蒸日上

竹如国
竹子傲雪凌霜
好比
祖国百折不挠

竹如国
竹子超然独立
好比
祖国顶天立地

竹如国
竹子四季常青
好比

祖国永远年轻

（辅导老师：冯永珍）

点评：把竹子比喻成祖国，十分新奇。小诗人从竹子的节节攀升、傲雪凌霜、超然独立、四季常青四个方面，来比喻祖国蒸蒸日上、百折不挠、顶天立地和永远年轻，十分生动、形象和贴切。我们说，一个好的比喻，往往会成就一首好诗。这首小诗，就是因一个美好的比喻，呈现了自己的审美价值。

孙 悟 空

罗子帅（11岁）

孙悟空

西天取经回来

成了"斗战胜佛"

天天向人炫耀

整天得意洋洋

新中国成立后

祖国妈妈

向孙悟空发出挑战书

比飞赛

祖国妈妈派出嫦娥二号

超过了孙悟空的筋斗云

比游泳赛

祖国妈妈派出蛟龙号

超过了变成剑鱼的孙悟空

比变化赛

孙悟空使出七十二变

祖国妈妈有无数变

瓦房变高楼

泥径变大公路

木船变航空母舰

……

哈哈

孙悟空比不过

只好认输啦

（辅导老师：廖宇娥）

点评：孙悟空，是我国神话故事中的人物，可谓家喻户晓，人人皆知。他神通广大，会七十二变。新中国成立后，祖国妈妈竟然向孙悟空下战书，同他进行比赛。她能比过孙悟空吗？人们不免怀着一颗好奇心读下去。比飞、游泳、变化三项，孙悟空都比不过祖国妈妈，只好乖乖败下阵来。小诗写出了祖国日新月异的变化，是一首不可多得的佳作。每每读起，都会为之感动。

追　梦

李一诺（10岁）

爷爷奶奶说

他们小时候的梦想

就是能吃饱饭

袁隆平爷爷说

他也有一个梦

让爷爷奶奶们

梦想成真

袁爷爷用一生的时间

在田间追梦

水稻们看到

熟悉的身影

默默地

把脚往泥土更深处

伸去

把一个老人的梦

装进谷粒中

于是

每一颗谷粒

都变得沉甸甸

（辅导老师：廖宇娥）

点评： 吃饱饭，不饿肚子，是一代又一代中国人的梦想。袁隆平爷爷为了实现中国人的这一梦想，在田间追逐着自己的梦。水稻们为了实现袁爷爷的梦想，把他的梦装进谷粒中，让每一颗谷粒，都变得沉甸甸。水稻能把袁爷爷的梦想装进谷粒中吗？现实中显然不能！在这里，小诗人采用了梦幻性的表现手法，这就产生了诗。这不仅使诗更美，而且也使诗更真。

地球是一本书

牟鹿鸣（8岁）

地球是一本书

鱼儿们

是大海这页的字

鸟儿们

是森林这页的字

动物们

是高山这页的字

人们

是城市这页的字

走到哪页

都是一个有趣的故事

（辅导老师：金小巧）

点评： 小诗人梁世炜把种子想象成一本书，这本书好小好小；小诗人牟鹿鸣把地球想象成一本书，这本书好大好大。由于这本书好大，大海、森林、高山、城市就成了这本书中的一页；鱼儿、鸟儿、动物与人，就分别成了书中的字。每一页字，都构成了一个有趣的故事。这样新颖而独特的小诗，来自小诗人的超级想象力和对生活的独特感受力。

木　头

杨浩坤（9岁）

木头是妈妈

她生房子、桌子、椅子、筷子

我最高兴的是——

她给我生了一个陀螺

点评：大人眼里的世界和孩子眼里的世界不同。在大人看来，木头、房子、桌子、椅子、筷子、陀螺这些东西，只是人们生活中的一些用品，并没有什么特别之处。在孩子看来，却不是这样。他们把木头看作妈妈，由木头生成的房子、桌子、椅子、筷子，就成了妈妈生下的一个个孩子。小诗人的想象不仅十分独特，也十分有趣。更令小诗人欣喜的是，木头妈妈为他生下了一个好玩的陀螺。有人说：孩子是天生的诗人。这话确有一定道理。在孩子眼里，满眼都是有趣好玩的诗，即使呆头呆脑的木头，也毫不例外。

后　记

　　我国的童诗教育，大约从二十世纪七八十年代开始。最早的童诗教育倡导者，应是金波、圣野老师。两位老师不仅大力推广诗教，而且身体力行，深入江浙一带学校，给孩子讲诗、评诗。那时，出现了田晓菲、梁芒、阎妮、刘梦琳、江南等一批有影响的小诗人。他们创作了许多优秀的童诗，在童诗诗坛产生了广泛影响。从二十世纪末到二十一世纪初，从事诗教的诗人和教师越来越多。邱易东、金本、树才、蓝蓝、郭学萍、周益民、黄亦波、雪野、丁云、任小霞、郁旭峰、郭艳梅、妥金录、李涛、薛萍等一批诗人与教师，都十分活跃。他们在全国各地的校园讲课，办培训班，极大地推动了童诗教育。我是 2006 年从《少年月刊》领导岗位上退下来后，加入这支队伍的。在我的倡导下，中国儿童文学研究会诗教委员会成立了。这个组织成立后，开展了许多有益有趣的诗教活动，极大地推动了诗教的发展。在诗歌教育的推动下，一支十分壮观的小诗人队伍形成了，每年创作的童诗可达上万首。我一直认为，童诗由成人创作和小诗人创作两部分组成。小诗人的作品，极大地丰富了童诗的创作。我从二十世纪八十年代，就关注小诗人的创作，并注意从报刊上剪贴小诗人的优秀作品。近年，我还注意从网上收集小诗人的优秀诗作。40 多年来，我已经收集了小诗人的 3000 多首优秀作品。西安电子科技大学出版社想出一本小诗人的选集，并让我点评小诗人的每首诗。我从众多小诗人的诗作中，优中选优，精中求精，共选出 181 首，分别做了点评。小诗是以我的眼力来选的，选择标准中最重要的一条，就是小诗要有创新，能给读者耳目一新的感觉。读着这样的小诗，你会在对他们心灵的烛微探隐中，发现一个最为纯真的世界。

我退休后，还有一项重要工作，就是给孩子们讲诗。我走遍了全国 10 多个省（市），给数百所学校的孩子讲诗。由西安电子科技大学出版社出版的《现代诗歌教育普及读本》（上下册），就是我给教师和孩子讲课的结晶。我的诗教课，受到了师生的热烈欢迎。不少培训机构与我联系，想把这些诗教课录成网课，在网上售课。我没有答应。这次收入这本书的 12 堂课，基本上都在新华网、人民网、新浪网、网易网等平台转载过，每篇阅读总量高达 500 万人次，总阅读量超过 6000 万人次。有不少老师和家长把这些课称为网红课。这次，把这些课汇集于本书中，与老师、家长和孩子一起分享。

著名诗人金波告诉我们："培养儿童热爱母语的思想感情，最好从读诗开始；享受语言的美，创造语言的美，最好从读诗、写诗开始。"我曾在多地讲课时，讲的最多的一句话就是："学语文，从读童诗开始。"一个孩子从小接受诗歌的熏陶，将会受益终身。

致　谢

《王宜振给孩子们讲诗评诗》（上下册）即将付梓，在此，我们对主创王宜振老师以及各位小诗人深表感谢，对一直支持诗歌教育的广大师生诚挚致谢。

这套书全彩印制，从组稿、设计到排版、印制，每一个环节都经过认真打磨。我们希望此书的出版能给孩子们开辟一处诗歌学习乐园，让他们通过"讲"与"评"自主学习赏诗、写诗、写作，提升文学素养与创作能力，同时希望此书能丰盈大语文课堂，给广大一线语文老师提供一套通俗精简的诗教理论读本。

学无止境，诗无止境，我们秉持诗心打造这样一部作品。再次，感谢给予我们支持和关注的大小朋友们。另外，特别声明，书中选编的小诗人作品经王宜振老师联系，除个别作者无法找到联系方式外，其他作品均已获得授权。请未收到入选通知的作者，知悉后及时联系出版社（029-88201441），以便我们寄赠样书。谢谢！

西安电子科技大学出版社

2025 年 1 月